悪役のご令息の 5.5
Akuyaku no Goreisoku no Dounikashitai Nichijyo
どうにかしたい日常

5.5
悪役のご令息の
Akuyaku no Goreisoku no Dounikashitai Nichijyo
どうにかしたい日常
Presented by 馬のこえが聞こえる
illustration コウキ。

CONTENTS

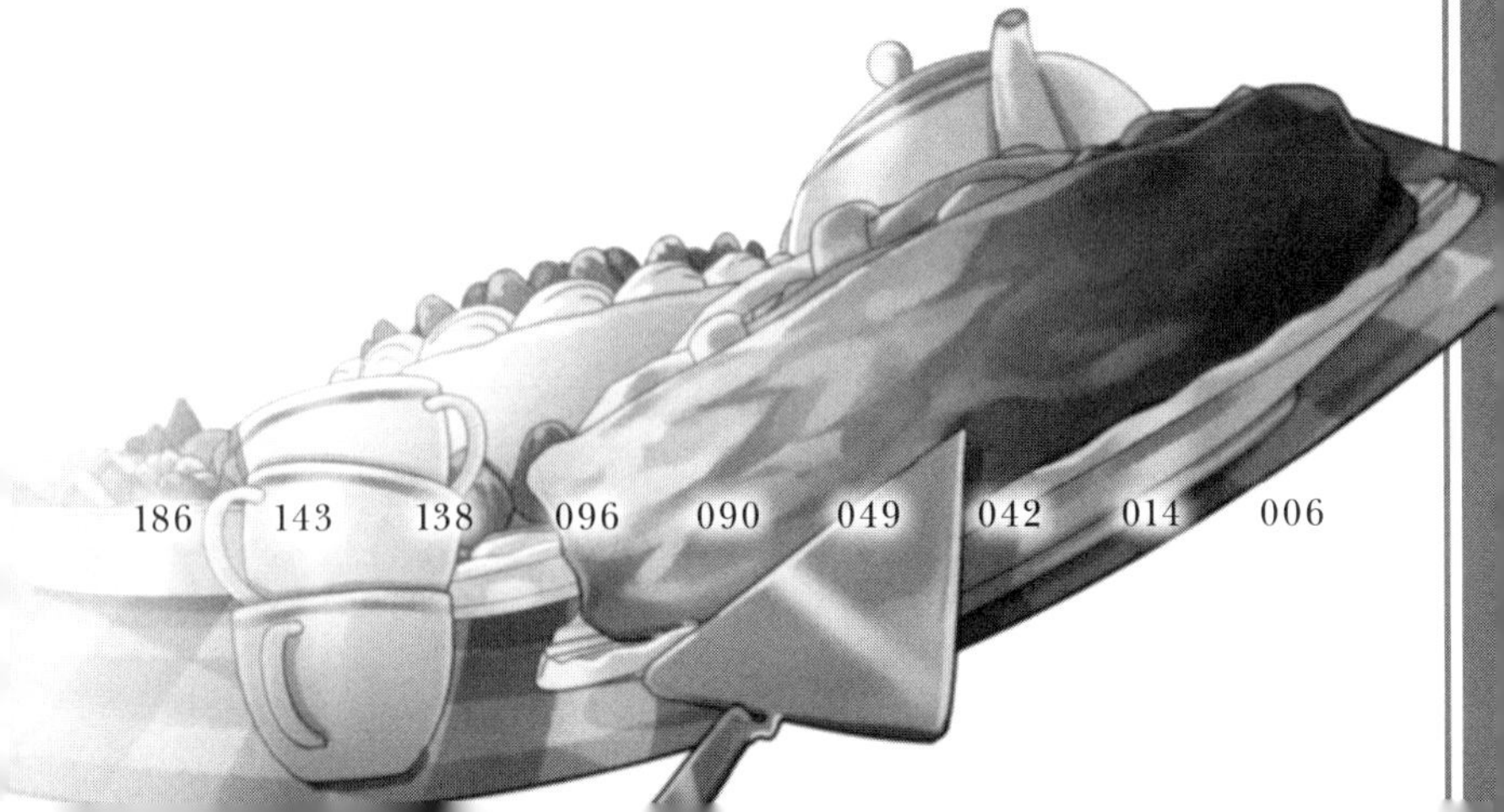

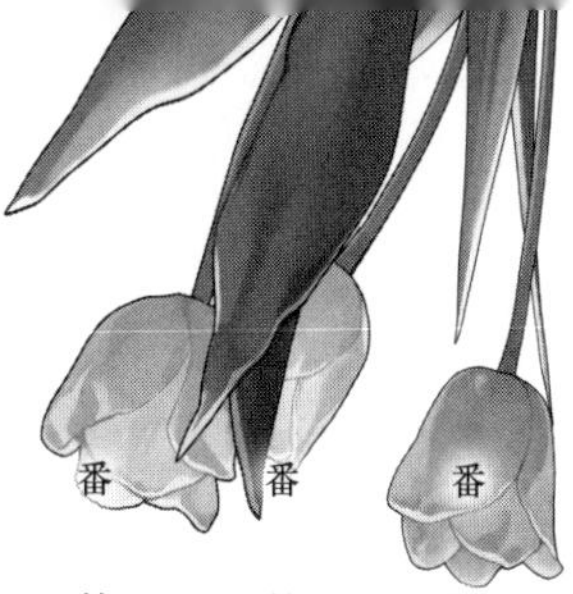

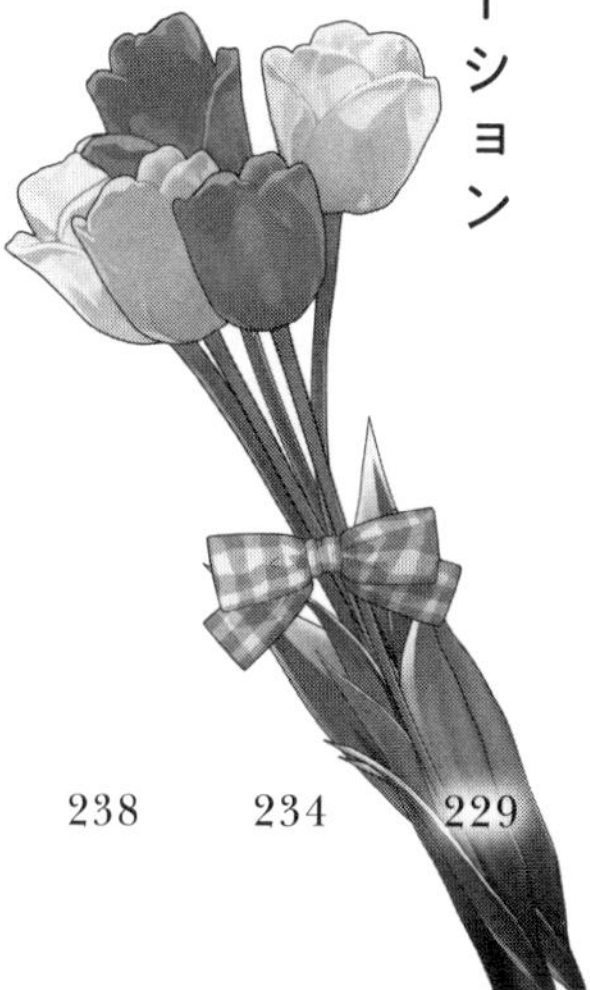

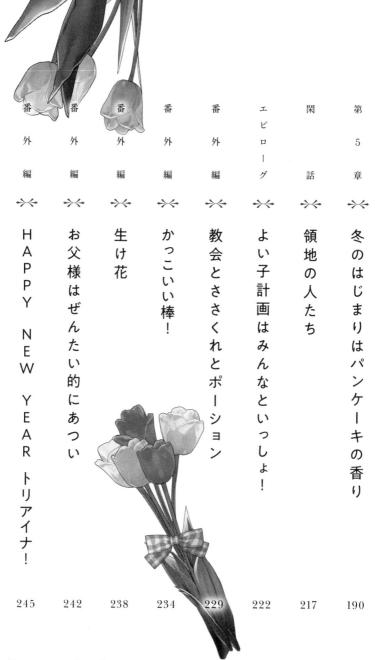

Character profile

フラン

トリアイナ公爵家三男。
好物はアップルパイ。
前世は高校生。

トレーズくん

お忍びで
街に行くフランの
面倒を見てくれる
スラムの少年。

アーサー

フランを
ボコボコにする予定の
未来の勇者。
魔法がチート級。

セブランお兄様

公爵家次男。フランに対して
過保護気味。風魔法が使える。

ステファンお兄様

公爵家長男。騎士団に所属していて
留守がち。魔法が得意。

お父様

フランたちの父。公爵家当主。
騎士団所属で仕事と家族が大好き。

おじい様

フランたちの祖父。元海軍総統。
秋に帝都にやってくる。

アルネカせんせぇ

フランの魔法の家庭教師。
魔法庁のエリート。人付き合いが苦手。

ハルトマンせんせぃ

フランの外国語とマナーの家庭教師。
異国から来た。ロマンチスト。

プロローグ　魔法の世界にいる僕です

Akuyaku no Goreisoku no Dounikashitai Nichijo

６歳で前世を思い出してからけっこうお時間がたちました。

日本の高校生だった僕が貴族になって、あと半年もしたら8歳。つまり、あ、僕わるいやつになって将来勇者にボコられるんだー……って気づいて一年半たったのです。

いろんな変化があったけど、中でもいちばん大きかったのは王様のおイスを壊したことと、僕の大好きなステファンお兄様が結婚したこと！　結婚式はほんとうにきれいだったよ。みんなしあわせそうで、感動しちゃった。

ゲームであったことかはわからないけど、いいふうに進んでいたらいいな。まだまだ危機感はあるので、ちょっとずつ脱出する方法も考えてる。平和すぎてうっかり忘れがちだけども……！

とにかくよい子になって、ボコボコにされる未来を、せめてポコポコくらいにおさめたいと望む公爵家三男7歳が、僕。よろしくおねがいします。


秋のまだあったかい日。

今日はおひっこしに最適な日。

ステファンお兄様と結婚したアラベルおねえ様がおひっこししてきています！

「はあぁ。あそこ使うんだ……」

僕は馬の人形であそぶと見せかけて、庭園からおひっこしの様子を眺めてた。

僕たちが住んでいる〝本館〟って呼ばれる建物から、ちょっと行ったとこに建ってるお屋敷。隠し通路がある〝別館〟とは真逆に建ってて、なにに使うかはぜんぜん知らないおうちだったけど、そこにたくさんの馬車と人が詰めかけてる。

「よかったぁ」

少しまえまで隠し通路のある〝別棟〟にもお荷物いれてたから、もうおしのびできないかと思ってたんだよ。あっちは落ちついたから、きっとおひっこしはこっちの建物でしょう。

「別館だね」

「ぼっ！　セブランお兄様！」

パッてうしろを向いたら、いたのはセブランお兄様！

おしのびのこと考えてるときに声かけられて体がビクゥッてしちゃった。僕のメイドたちは、ちゃんとお辞儀してうしろのほうに控えてたから、お兄様に気づいてたっぽい。

む、むむぅっ。みんなまったく音せんからびっくりする。

（……聞かれてない？　おしのび続行できそうでよかったなは聞かれてない？）

うっかりつぶやいたから冷や汗がじわ……てしたけど、セブランお兄様はそんな僕に首をかしげてるだけ……。うむ！　平気そうだ！

そしたら、純粋にセブランお兄様がいるのがうれしい！

僕は馬人形（棒のさきっぽに馬っぽいお顔ついてるやつ）を片手に握りしめて、セブランお兄様のお胸にうおーってした。なんなく抱きとめてくれるお兄様。てっぺき！　セブランお兄様はてっぺきだ！

「セブランお兄様は、今日はお休みですか、お休みですかっ」

「うん、お休みだよ。アラベル様のご入居があるし、家にいようと思って」

そうゆってセブランお兄様がやさしいお顔で僕を見た。あったかい手で僕の前髪をするんとさせて、まる出しになったオデコにちゅってしてくれる。んへへへへ。

「またボルケーノモモンガを拾う子がいるかもしれないしね」

「んあ！」

ボルケーノモモンガのトビマル。僕のはじめてのペットで、いまはおばあさまと火山に向かってる子。トビマルも馬車がいっぱい来る日に、我が家にコロンと落ちてたんだ。

僕は心配になって、おひっこしの行列を振り返った。

「だいじょぶでしょうか」

「ステファン兄様が手伝いを増やしたからね。箱もリボンも、何一つ落とさぬように、皆、がんばってくれているよ。フランも気にかけてくれているようだしね」

「ぶぁ、はい！」

気にかけてたっていうか、好奇心っていうか……。ほぼヤジウマの気持ちで見に来てたんだけど、なんかいい感じにとられたのでのっかっときますね！

「別館は、元々は五代前の奥方ジゼル様がお住まいになるために建てたそうだよ」

「五代まえ！　すごいまえだ……。ひいひい、ひい、ひいおば、ンュア？　ちがう？　ひいひいひいひいおばあ様ですね！」

右手の指を折りながら、いつつかぞえる。

手がちょうどグーになって、ゆえました！　ってセブランお兄様を見上げたら困ったように微笑《ほほえ》まれた。

「ひいひいひいひいお祖母《ばあ》様、かな」

「ひい少なかった！」

あれ。かぞえ方まちがってた？

グーになった右手をまじまじ見てたら、セブランお兄様が頭をよしよししてくれた。よしよしされたなら、もういいでしょう！　お兄様の手にこころもちツムジをおしつける僕です。

「フラン。明日は皆で食事をとるから、フランもアラベル様、ええと、アラベル義姉《ねえ》様にごあいさつしよう。それから、何か食べたいものはあるかい？」

「はい！　お祝いですもんね！　ええと、アップルパイのえー、なんかすごいやつ食べたいですっ」

「ふふふ。何か凄《すご》いやつ、ね。わかった。厨房《ちゅうぼう》に伝えておこう」

セブランお兄様は、最後にもっかいほっぺにチュッてしてくれて、寒くなるまえにお部屋にもどりなさいってゆって、お先におうちに帰ってった。お休みなのに、お忙しそうである。

僕は馬棒にまたがりながら、しばらくおひっこしを見てたけど、気が済んだからお部屋にもどることにしました。

「僕もお部屋のおかたづけしよかな」

「ぼっちゃま。それなら私たちにお申し付けください」

「んーん！　僕、じぶんでやる！」

キティが言ってくれたけど、手のひらをぱっと見せて首を振った。

お荷物をテキパキ運ぶ使用人たちを見てたら、なんかやる気が出てきたんだ。おそうじやお片付けはいつもキティや専門のメイドがしてくれてるけど、僕がしたっていいもんね！

やる気で鼻息ピーピーさせつつ、僕は寝室を見回した。

窓辺にあるヒカリゴケのイエミツに注目。ほほう。秋になってから日陰になりがちだったな。

「んーと。まずは、イエミツはこっちに来ようね！　あっそうだ。ケルピーはお日様にあてとかないとっ」

寝室の角っちょに置いてるケルピーのぬいぐるみ。あの子はお日様にあてないと少ししっとりするんだ。

急いで抱きかかえて、ずるるーと窓辺に持ってくる。うむ。ここがよさそう。

「よしよし。じゃああと狼《おおかみ》さんは、おリボンむすびなおそっかな」

ベッドに登って、お布団かけられてた狼のぬいぐるみをスポン！　リアルめに作られてる狼さんは、おしっぽも太くてホンモノみたい。かっこいいおしっぽには、セブランお兄様からもらったキレイな緑色のおリボンを結んでるんだよ。毎日いっしょに寝てるから、たまに直さないととれちゃうの。

「キティ、キティー」

「はい。ぼっちゃま」

「おしっぽのトコむすびなおして」

「かしこまりました」

ベッドに腰かけて、狼さんを寝かせる。キティは床にお膝をついて、ていねいにおリボンをほどいた。

僕は足をプラプラさせて狼さんの生おしっぽ観察。

………。

「キティ」

「はい。ぼっちゃま」

「あのね、お姫さまがおうちに来たけど、あの……」

「はい」

「ここ、お城になっちゃう?」

「お、お城でございますか」

別館のおひっこし見てたら気になったんだ。

「うん。お姫さまは、お城に住むでしょ。だからここはお城になるのかなって思って」

「哲学的でございますね……。ぼっちゃまは、トリアイナ家がお城になってはおいやですか？」

「んう？　んー。どっちでもいいよ。けどお城になったら広くなるよね。……僕、おうちでいっぱい歩くのは、なっとくがいかない」

「な、納得いかないのでございますか」

「ん」

お城に行ったことあるけど、廊下はもう廊下じゃなくて『道』だった。お外で歩くのとおんなじ感じに疲れるそこそこの距離の道。いまのこのおうちでも眠いときとかに、え、広すぎるのでは……？と思うのに。おうちで歩いてつかれるのはヘンと思う。

でもアラベルおねえ様はお姫様だから、お城のほうが過ごしやすいのかな。それならしかたないかぁ……。

狼さんの胴体をなでてると、キティはいっぱい考えて教えてくれた。

「若奥様が城にしたいとおっしゃれば、改築もあるかもしれません。それでも、若奥様がお住まいになる別館だけでしょう」

「ほむ」

「しかし若奥様は、ジゼル様のお部屋をたいそうお気に召したそうですから、お城に建て直すことはないと思いますよ」

「んあ、そうなんだ」

よかったぁ。じゃあ我が家のお城化はなさそう！　あとジゼルおばあ様に会ったことないけど、お部屋気に入ってもらえてなんかうれしい。

　安心して鼻息つよめに出したら、ちょうど狼さんのおリボンもキレイに結ってもらえた。

「キティは物知りだしなんでもできてスゴイね！　おリボンもありがとう！」

　狼さんを抱き上げて、全安心をこめてキティにお礼をゆう。

　滅相もないことですぼっちゃまー！　って倒れてくキティの声を聞きつつ、僕はふと思った。

「別館が古いなら、ここも古いのかな」

　組み細工みたいになってる凝《こ》ったデザインの天井を見る。ツヤツヤしてるけど新しい木って感じじゃなくて、長年みがかれてるタイプのツヤ。お金持ちのおうちだなぁって見上げてたら、ぽもんとベッドにあお向けに倒れちゃった。ふわふわのベッドと、もこもこの狼さんの感触により、お昼寝を決定する僕なのでした。

第1章 増員！ そして探索！

Akuyaku no Goreisoku no Dounikashitai Nichijyo

†アップルパイは緊張をほぐす効果も確認されている（僕調べ）

ついに、ステファンお兄様のおよめさんのアラベルおねえ様とのはじめての夕食会の日になりました。

「アラベルですわ」

アラベルおねえ様は、フリルが上品な紫のドレスを着て食堂にあらわれた。僕のおうちでは女の人が食堂にいるのがめずらしくて、アラベルおねえ様はおしゃれでオーラもすごくて、なんかキラキラして見える。

大きいテーブルにはいつもより豪華でたくさんのお夕飯がならんで、テーブル飾りもピンクや白のかわいいお花がいっぱい。忙しくてなかなか揃わないことに定評がある我が家だけど、お父様もステファンお兄様もセブランお兄様もいて、シツジもメイドも使用人も全員いるレベルでいて、もうなんかすごい。空気がすごい……！

使用人たちもみんな息してるかな？　って思うくらい動かないし、アラベルおねえ様がお城から連れてきたお付きの人たちもいるしで、緊張の空気が限界になっております。

そんな食堂の自分のお席でキリって立ってる僕。エラい貴族の三男だからね、こんなド緊張な場面にだって慣れてるよ。うそだけど！　お気づきだろうか。じぶんの心臓のドキドキで、僕の体が揺れてるのを……うう、酸欠になりそう。

そんなキンとした空気を吹き飛ばせるのは、そう！　お父様だ！

お父様はアラベルおねえ様のごあいさつにうなずくと、まっすぐ見つめ返して大きな声でお返事した。

「トリアイナ家当主、オディロンである！」

「お義父《とう》様とお呼びすることになりますのね」

「うむ！　アラベル様に呼ばれるのは、不思議な気持ちですな！」

「わたくしはもうトリアイナの者。どうぞアラベルとお呼びくださいませ」

「ぬ！　難しいが、努力しよう！」

「うふふ」

腕を組んでがんばる姿勢を見せるお父様。さすがだ。ぜんぜん困ってない。いつもと変わらなすぎてすごい。

アラベルおねえ様もたのしそうにしてて、そのおとなりにいるステファンお兄様もこっそり笑ってた。なんとなくホッとしてるみたいに見えたよ。

僕たちもお父様のおかげでごあいさつしやすくなった。

「次男のセブランです」

「さ、三男のフランです！」

セブランお兄様につづいて、僕もぺこり！

ちょっと食い気味になっちゃったけど、こうゆうのは勢いでいかないとだ。声裏返らなくてよかったー。このスキに息もいっぱいしておこう。

アラベルおねえ様は、僕とセブランお兄様のごあいさつをしっかり見てくれて、ニコリとした。

「ええ。これからよろしくお願いいたします。……あっ」

「はひっ」

ビクン！

な、なにか不敬があったでしょか……それとも、女の人に対して失礼が……？ 僕、前世では男子校だったし、アスカロンに生まれてからも、あの、女の人とちゃんとおしゃべりしたことないから、ナニかやらかしてるかもだ。あ、メイドさんは女の人だけどあの、家族っていうか、なんかその、女の人とはちがうの。

とにかくモジモジしてると、アラベルおねえ様はぽんと両手を合わせて目を大きくしてた。

「わたくしの弟になるのですね？ まあっ。わたくし、弟が三人に増えましたわ」

おあ、お、おおーそういう。そういう発見を。……あ、ということは、僕もラファエル皇子が兄弟に……？ ううーん。さすがに皇子を兄弟とはゆえなさそう。世論が。世論が不敬とゆってきそうだ。

僕のやらかしじゃないことにホッとしてると、ステファンお兄様がふき出すのを耐えてた。

「そうですね、アラベル様。セブランとフランも、誠実で素直な自慢の弟たちです」

「ええ、知っていますわ。特にフランとは、城でお茶会もしましたもの」

「へいっ」

たいへんお世話になりました！

去年だけど、お城で迷子になったときにアラベルおねえ様に助けてもらったのである。おいしいケーキいっぱいもらいました。

全身使ってうなずいたら、アラベルおねえ様はニコニコしてる。そうだ。すごく緊張してたけど、アラベルおねえ様ってすごくやさしいんだよね！

アラベルおねえ様は扇子《せんす》で口元を隠すと、ステファンお兄様を見上げた。

「それから旦那《だんな》様」

「はい」

「旦那様もですわ。わたくしは妻になるのですから、騎士のような話し方ではなく、旦那様の話し方にしてくださいまし」

「……努力しま、努力しよう」

「ええ！」

アラベルおねえ様のお顔は半分しか見えないけど、すごくうれしそうなのがわかった。ステファンお兄様が照れてたもん。

そうして始まった夕食会。

ごあいさつもできて、緊張もちょっと減ったから、僕は張りきって夕食に挑んでいた。たしか今日は『すごいアップルパイ』があるはずなんだ。なにせきのうリクエストしたからね！

（あ、アップルパイあった！）

にぎやかなテーブル。巨ステーキとかスープとか、フルーツ飾り切りとかのメインのならびに、堂々としたアップルパイがいました！

メイドにお目めでうったえたら、すぐにナイフとフォークで切ってくれる。僕のまえに来たお皿には、ふだんよりも大きくてこんもりして、パリッとしたアップルパイ。切れ目を見ると――

「おおきい……！」

スライスされたリンゴじゃない。丸のリンゴを半分にしたのがゾン！　って入ってるっ。こんなの見たことない！　すごいアップルパイって、こういうことか！　まるごといくなんて見たことないぞっ。

シェフを探したら、食堂のうしろのほうでワゴン持って立ってた。

（シェフ！）

声に出してないのに、シェフはすぐ気づいてくれて、にっこり笑う。うむ！　やったなシェフ！すごいアップルパイとはまさにコレだ！

あらためてお皿のアップルパイを観察する。ニブンのイチのリンゴだ。ニブンのイチのリンゴが、あまいスープをたっぷり含んでとろとろになってるのがわかる。

フォークをさして、ナイフをうえからの角度で刺しこむ。サクッとしたパイ生地のあとは、スーッと抵抗なく切れるリンゴ……ふはぁっ、あわぁ……！

期待にお口がじゅわっとしちゃう。気持ちがいそぐけど、今日は落ちついて食べなくちゃ。

ぱくん。

「……っんんんうー！　おいしいねぇええ」

リンゴのおいしいのがジュワワワ～って沁《し》みて、お口が溺《おぼ》れそうになる。ごくんてすると、さわやかな風味が一層つよく、あとからバターの香りが感じられる。なのに、もぐもぐすると、リンゴの風味も香りもワッと覆いかぶさってきて、体中がリンゴになったみたいに思えちゃう。大きいリンゴはしっかり火が入って柔らかいけど、奥は少しだけ芯があって、しゃくっとした。それもまたおいしくて、僕はほっぺに手をあてて、香りも感触も最大限に感じられるようにして、もっぐもっぐ。んあーしあわせぇ。

「フランはパイがお好きなのですね」

「ブパッ。は、はい！」

意識がリンゴでいっぱいになってて、他に人がいることを……アラベルおねえ様がいることをすっかり忘れてた。

あわてて飲みこんでお返事すると、アラベルおねえ様も興味深そうに僕のパイを見た。

「わたくしも味わいたいわ」

おねえ様の言葉に、テーブルのうえのこんもりアップルパイが常識的な大きさに切られていく。具体的には僕の半分くらい。

「まあ……！　リンゴがこんなに大きく……！」

断面を見て、アラベルおねえ様もびっくりしてた。

ね！　大きすぎて、ほんとかな？　って思いますよね！

僕はアップルパイ大好きで、今夜のアップルパイも最高においしいと思ったけど、アラベルおねえ様はどうだろう。お姫様だし、お城では繊細な味つけのアップルパイが最高とされてたら……なんだか不安になってくる。

おねえ様の細い指がパイを一口分に切り、ゆっくりとお口へ運んでいく。噛《か》んでるのか噛んでないのか、わかんないくらい小さい動きのあと、僕を見て目を細めた。

「美味《おい》しいですわ。フラン、このアップルパイはとても美味しいですね」

「！　はい！　そうなのですっ。シェフのアップルパイは世界一おいしいんです！　僕、だいすきで、いつもごはんの最初とおしまいに食べますっ」

「これだけ美味しければ、気持ちもわかりますわ」

「はい!!」

んあああーうれしい！

シェフのアップルパイがおいしいって！

うんうんうんって何度もうなずいて、そのあとシェフを見てグッて目に力をいれたら、シェフのお顔もグッてなって泣きそうになってた。やったね！

「んふーっ」

大満足な気持ちで鼻息を出したら、セブランお兄様が「よかったね」ってゆうみたいに、僕のお膝をぽんぽんしてくれました。えへへ。

それからは順調に、アップルパイ食べてスープ飲んで、たまにお肉ススメられたからがんばって食べて、パンとアップルパイ食べてってした。

お父様とお兄様たちはアラベルおねえ様とゆったりお話をしてるけど、途中からむずかしい言葉が増えすぎたので気持ちを切りかえ済みです。

（いっぱい食べたらねむくなってきちゃった）

おなかがぽんぽこ。リンゴふたつは食べたもん。

途中でアラベルおねえ様がごちそうさまして別館に帰り、緊張感がゼロになったのも、眠さに勢いをつけたよね。

「父上、セブラン、フラン。今宵《こよい》はありがとうございました」

「うむ！　仲良くな！」

「はい」

ステファンお兄様がお礼ゆってる。けどお返事できないくらいには眠い。

ナイフとフォーク持ったまま、うとうとしてると、肩にあったかい手があてられた。うむん……きもちいい。体がかってにセブランお兄様のほうにかた向いちゃう。

「父様。フランが眠たそうですから、部屋へ連れていってもよろしいでしょうか」

「眠いのか！　それはすぐに寝たほうがよいな！」

「ではフランは私が抱えていこう」

「いいえ、ステファン兄様。兄様は父様とお話しなさっていてください」

まぶたが重たすぎてお目めがうとうと、お耳もぼやぼやでよく聞こえなかったけど、セブランお兄様がお部屋まで連れてってくれるみたい。

使用人がおイスを、僕ごとそーっと浮かせて下げてくれる。ふわふわたのしい。

「フラン。歩けるかい？」

「いけます。でもお手てはつないでてほしいです……」

がんばって立って、足もまえに出すけど、お目めが。お目めがどうしてもつむっちゃいそうなので……。

「ふふふ。わかった」

お兄様がいるっぽい方向に手を差し出すと、ぎゅって握ってもらえました。

もう半分以下になった視界の中をもっちもっち歩く。階段は手すりにもたれながら、セブランお兄様が引き上げてくれるのを助けにして上がりました。がんばった……。

「さあ、フラン。ベッドだよ。座れるかな」

「……ふい……」

おしりがふわふわで、気づくと僕のお部屋のベッドに座ってた。メイドたちに囲まれて寝間着にお着替えさせてもらって、おズボンはきかえる最中にモヌン……てベッドにころがったらもうダメだった。これは寝ちゃうやつだ。

それでも僕は意識を上に上にってしてして、セブランお兄様をなんとか探す。どうしても気になってることがあるんです。

「セブランお兄様、セブランお兄様」

「うん？　なんだい。ここにいるよ」

ベッドがきしんで、僕の手をセブランお兄様のあたたかい両手が包んでくれた。

「ステファンお兄様は、もうおうちで寝なくなっちゃいますか……帰ってこなくなっちゃいますか……？」

「ステファン兄様が？」

「はい。おひっこししたら、会えなくなっちゃいます。そしたら、さみしいです……」

聞きたかったけど聞けなかった。

アラベルおねえ様が別館におひっこしして、そしたらだんな様のステファンお兄様もおひっこしして……そしたら、そしたら。こんなに広いおうちだから会えなくなっちゃう。

さみしい気持ちに眠いのもあって、なんだか目のはじっこがジワとしちゃう。んんう、泣いちゃうともっとかなしい気持ちになってくるよぅ。

ペス……てお鼻をすすったら、セブランお兄様がほっぺにお手てをあててくれた。

「大丈夫、ステファン兄様は普段はこちらで過ごされるよ」

「ほんとですか……？」

「ああ。もちろん兄様が、別館へ行かれる日もあるけれどね。けれど、反対にアラベル様がこちらでお食事をすることもあるだろうし、きっとさみしくはないさ」

「そうなのですか」

「ああ、そうなんだ」

「ふぁぁ……安心しました」

「うん」

そうかぁ。ステファンお兄様はいてくれるのか。アラベルおねえ様もこっちでごはん食べてくれるかもなのか。

じゃあ、じゃあ、あんしんだ。

僕のお口がふぬぬと笑って、気持ちもしあわせになった。

「セブランお兄様、おやすみなさい」

「ああ、可愛《かわい》いフラン。おやすみ」

おでこにチュッてしてもらったら、もう不安なんてひとつもなくて、僕は満足して眠りについたのでした。

†おしのび日和はいつでもやってくる

我が家でパーティーの準備が進められています。

アラベルおねえ様がはじめてトリアイナでやるパーティーだから、おねえ様についてきた使用人たちはもちろん、うちのメイドさんたちもめちゃくちゃ気合い入ってる。

冬だから室内パーティーだし、オオゴトにはならないだろうなぁーと思ってたら、そんなことなかった。準備のための人がいっぱいいる。

「これは……チャンス！」

おうちの中に人がいっぱいいるときは、おしのびチャンスだ！

お昼寝しますってゆって、まんまとお部屋を抜け出した僕は、おうちの人気《ひとけ》がない道をコッソコソ進む。そんであっという間に別棟に来た。

みんな忙しいときはね、三男の僕がウロチョロしてたって気にしない。僕知ってる。

「んはっはっはー！　かんたんですなぁ」

いつもどおり鍵《かぎ》が壊れてる窓からヌルリと侵入して、廊下でキョロキョロ。このままで使用人がいっぱいのお荷物持って出入りしてたけど、もうすっかりご用事なくなったみたい。たぶんアラベルおねえ様がおひっこしするから、いらないお荷物運びこんでただけっぽいよ。

誰《だれ》もいないのを確認して、隠し通路のあるお部屋にイン！

使わない家具とかが詰められてて、窓もちいさくて薄暗いお部屋。ここまでは、そんなにこわくない。

「問題はこのさきですが……」

奥にある扉の金色のノブを掴んで深呼吸する。

大丈夫だいじょうぶ。僕、もうすぐ8歳だもん。前世では高校生だったし、合わせたらええと……なんかオトナだし！

できる。ぜんぜん走らなくたって、隠し通路くらい歩いてける！

「き……気合いだー！」

僕は目をつむって、がちゃこ！　とノブを回して扉をくぐった。んぱ、と目を開けると、照明という概念がない廊下がのびーと奥まで続いてる。

スフッ……と鼻息を出してタッタッタッと五歩くらい進んでみた。

「こわくないし、ぜんぜんこわくないし……まっくらだけど、こわく、こ……ひぇぇえ……！」

十歩目のあたりでなんか首がゾワってして、あ、暗いなって思った。だけど廊下はずずずいーっと奥があって、出口見えなくて、あ、それはそうなんだよ、曲がり角があるし、だからもっと突き進まなくちゃいけなくて……。

「ぶっ、ま……っぶえええええええ……!!」

いっぱい考えたら、うしろに誰かいる気がして止まんなくなったから、僕はもう走るしかなかったのでした。

「んぐ、えぐ……っ」

「毎回鼻ぶつけてねーか？」

廃教会で、トレーズくんがお迎えしてくれた。

ちょっとひさしぶりだったからか、隠し通路がこわすぎて、いったん着替えるまえに抱きついてる僕です。

「ぶぎゅ……っま、曲がり角、っあるから」

「ああ、あの角は心配だわ」

「んふぅぅぅ」

いい香りがするハンカチでお顔をモニンモニン拭いてもらう。トレーズくんのお手てがあたるだけで、こわかった気持ちが少しずつうすれてくよ。トレーズくんも、魔王封印のときに勇者を追いかけて隠し通路を使ったから、構造を知っているのです。暗さは知らないかも。

体をペットリくっつけさせてもらって、ちょっとしたら落ちついてきた。おしのび用の服を被せてもらいつつ、天井のちっちゃい窓をながめる。お日様の色だ。

「今日はあったかいねぇ」

「おう。今年は、雪が一粒も降らねぇかもってさ」

「んはぁ。お天気わかる人いるんだねぇ」

「あー。言ってんのはたいていジジイたちだからなァ。年の功ってやつじゃねぇか」

「ジジイはよくないです」

「ご老人」

「はい」

うむ。クセになるとなおらんくなるからね。うっかり僕のお兄様たちに会って、ジジイとかゆった日には牢屋《ろうや》にちゃんとぶち込まれると思う。んあ、ぶち込まれるもダメかな。牢屋に……お通し、される……？

お鼻のあたまにシワを寄せつつ、トレーズくんについて廃教会を出た。

おしのびの目的はなんとなくおうちを出て、トレーズくんに会えたらいいなーだったから特にやりたいことない。今日はどうしようかな。

と悩んでたら、トレーズくんがなんかエラそうなお顔して僕を見てきた。

「腹へってねぇか。パンくらいならごちそうしてやるぜ」

トレーズくんがパンおごってくれるって！　やったね、ごちそうになろう！

手を繋《つな》いで、ちいさい森を抜ける。もうちょっと行くと下町の屋台がある公園につくよ。

たのしみで繋いだお手てぷらぷらさせちゃう！

「ねねっ。ステファンお兄様の結婚式見た？　見たっ？　どうだった⁉」

「ああ、ガキ……子どもたちが興奮して寝なくなるくらい迫力だったぜ。まえの週から業者の出入りも多かったし、当日も街全体が結婚式の雰囲気でさ、帝都でいちばん豪華な結婚式だったと思う。新郎も新婦もキレイで、教会が華やかになってたな」

「うんうんっ。ステファンお兄様かっこよかったよね！　結婚式用のお洋服なんだけど、伝統がなんとかで、上着の形はなんか伝説のすごい剣士の人が着てたのをモデルにしてるんだって！　ステファンお兄様は大きいから、なんとかなんとかの布を作る職人ががんばったってゆってた！」

「おー、大変だったのはわかった」

歩きながらトレーズくんが笑ってくれる。僕も結婚式を思い出すとたのしくてうれしい気持ちになるよ。

「フランもよかったな。一生懸命振りかぶって豆まいてるのを見た」

「んあー！　見てくれたの！」

カゴに入ったお米なのかお豆なのかわかんないヤツを、とにかくまくっていう、とても重要なお役目をこなす姿を！

「まく係になったときはキンチョーしたけど、お父様に『全力で上に投げよ！』ってゆわれたから、無心で！　とにかく無心で投げたの！　腕もってかれてもいい覚悟だった！」

「腹の据わり方どうなってんだ。……けど、かっこよかったぜ」

「ほんと！　んふーっうれしい！」

ごきげんでおしゃべりしてたら、公園につくのもあっという間だった。お日様があたってぽかぽかなベンチを選んで、トレーズくんと一緒に座る。

「結婚式は施しが大量にあって、マジで助かったなぁ。日持ちするもん配ってくれたから、冬の仕事は少なめで済みそうだぜ」

「んあ。そっか、トレーズくんはお仕事行くんだっけ……」

トレーズくんは、スラムのちいちゃい子たちのお世話をしてるんだよ。大きいおうちで一緒に暮らしてるんだって。

トレーズくんだってまだ子どもなのに、お兄ちゃんしててえらいけど、お仕事するの大変と思う。たまにお仕事のお話聞くけど、けっこうキケンなこともするから心配。

冬は街のお外の森に入って、騎士と一緒に魔物が増えてないか調べるって聞いたよ。魔物と戦うのは騎士だけど、でもやっぱりアブナイよね。

前世の不良同士のケンカだって、先輩が戦ってたのになんでか見学してる僕たちに襲いかかってくる不良とかいたもん。アレはホントにやめてほしかったなぁ。

いろいろ思い出してしゃくれてたら、トレーズくんが頭をポンとなでてくれた。

「森の警戒歩行は慣れてるし、去年より魔物も減ってるからな。平気だ」

「トレーズくん……」

に、って笑ってゆうけど。

「グビィィ……言い方がフラグぅ……」

「フラグ?」

「なんでもないよぅ」

ぺも！　と抱きついて、頭をぐりぐりしちゃう。

こうしてるとトレーズくんの体も筋肉でかたくて成長したなって思うけど、やっぱりお兄様たちと比べるとまだうすい。おスモウしたらきっと投げられる。ぺらい。

「なんだよ、くすぐってーって」

「うぬぬぬ……いつから行くの？」

「まだ募集は出てねーけど、例年どおりなら来月から始まるな。あー……そしたらフランの迎えは行けなくなる。悪ぃ」

「んんん。それはいいけど」

抱きついたままトレーズくんを見上げた。うむ、フラグっぽいお顔はしてない。あとは映画とかドラマでぜったいに生き残る系のことをすれば安心だ！

僕は体を離して右手をずむっとまえに出した。そんで小指をピンとさせる。

「おケガしないでね。あぶなくなったら、すぐに逃げてねっ。約束！」

「おおげさだな」

「やくそく!!」

僕はまじめなお顔で小指を近づける。ぜったいに約束ゲンマンする！

ちいさい子に向けるみたいに笑ってたトレーズくんだったけど、そのうち眉を下げて困ったような、不思議な微笑《ほほえ》みになった。

ふって息を吐いて、おずおずと小指を持ってきてくれる。

「……ああ、わかった。ケガしないし、逃げまくる」

「うむ！　ほんとにそうしてね。しぬきでダッシュしてね！　あ、しんだらだめ!!」

「プハッ！　ああ、死ぬ気で生きるわ」

小指を絡めて思いきりぎゅってすると、トレーズくんはイテェって笑ったのでした。

†スペシャルレアなゴンブトムシ

「なんで灯《あか》りを！　つけない……!!」

別棟の廊下にこぶしをぺいんと打ちつける。ふわふわ絨毯《じゅうたん》が敷かれてるから痛くないよ。

トレーズくんとお別れしておうちに帰ってきたんだけど、とうぜん帰りも隠し通路を通る。行きと違うのは、いっぱい走ってきても慰めてくれるトレーズくんがいないこと。こわかった気持ちは、こうしてお膝をついて悲しむしかないのだ。

まったく！　まったく！　隠し通路を設計した人に会えたら灯りの良さを教えてあげなくちゃだ！

僕の使命だ！

「ンズ……ッ。キティもうお部屋にいるかな」

まだお昼で窓からのお日様が明るいのが救い。

ちょっとお背中あったためて、元気になった僕はお鼻をすすりながら立ち上がった。早くもどらないと僕のおしのびがバレちゃう。

床についてたお膝のとこをペシペシして、入るのに使った窓をまたぐ。

（………ドア閉めたよね？）

閉めた気はしてるけど、念のためにいっかい振り返った。

「おぬん？」

ヒミツのお部屋、のふたつ隣のお部屋がへんだった。なんかこう……ボヤけてる気がする。目をこすってもっかい見るけど、やっぱり扉の輪郭《りんかく》がジワーってしてる。

夏の暑いときに見る道路みたいに、ジワジワのゆらゆらだ。

もう秋だし、今日は暑くなんかないのになぁ。

（…………。あっ火事!?）

暑いじゃなくて、熱くてのゆらゆらでは！

想像した途端にお背中に冷《ひ》や汗《あせ》が出た。あわててまたぐのをやめて廊下にもどり、ボヤけてるお部屋まで走る！

ドアノブをつかもうとして、ハッとお手てを引っこめた。か、火事だったらドアノブも熱くなってるかも。

（け、けど燃えてるかもだし）

「……えい！」

僕は目をつぶってドアノブをぎゅっと握って、ぱっと開けた！　すぐに離して手のひらを見たけど、熱くないし痛くない。んはぁぁあ。ホッとしたぁ。

ふうって息をついてお顔をあげる。

「！　わあ……」

お部屋は燃えてなかった。その代わり家具とインテリアが見たことないくらいたくさんあった。家具屋さんよりある！

ところどころシーツをかけられてるけど、まるだしの見えてる花瓶や鏡台は、僕が見てもわかるくらい高価なものばっかりだ。装飾の凝り方や使われてる宝石の数がえぐいもん。

「ハーッ。お金持ちの物置きですなー！」

僕のお部屋にも高そうなインテリアはある。でもこんなに装飾が凝ってるものはあんまりないよ。家具を選んでくれてるのはお父様だから、お父様が興味ないだけかもしれないけど。

あと男の人用じゃなくて、女の人用の家具っぽい。そのせいかなんとなくキンチョーして、中に入るにもそろりそろりになった。お手てをうしろで組んで、家具に触らないように気をつけながら歩く。

んー……デザインがけっこう昔、かも。お花よりも、木や虫みたいな自然をモチーフにしてて、これは昔の人たちが好きなやつだ。

アスカロンの貴族にはわりと流行《はや》りに厳しいところがあって、ティーパーティーのときにどんだけ流行のものいれてるかで、すごいね！　ってゆわれる文化が存在する。僕は流行に詳しくないけど、たまにお茶会するから、なんとなくで知ってるのだ。

(昔のはいいなぁ。虫がいっぱいでかっこいい！)

鏡台にもトンボやトカゲが彫ってあるし、この花瓶なんか、全体に木がいっぱい描いてあって森みたいでオシャレだ。

「あ、ゴンブトムシだ。おおきいねぇ」

花瓶にはすごく大きくてリアルなゴンブトムシの彫刻がくっついてた。絵付けの花瓶なのに一匹だけぽっこり浮かんでて主張がつよい。いわかんある。芸術ってこういうトコあるよね。

ゴンブトムシは、カブトムシを巨大にした感じで、金色だし魔法も使えて透明になったりもできる。

僕が思う森でいちばんかっこいい虫だよ！

　金色の彫刻は、僕が知ってるゴンブトムシより大きくて迫力ある。ついつい顔を近づけてようく見ちゃう。

「んあーすごいっ。足もリアルで生きてるみたい！　ふつうの二倍はあるし、これはすごい……かっこいいユマ!?」

　ツノが！　動いた！

「い、生きて……？」

　いやいやいやいやいや。そんなわけない、そんなわけ……。

「歩いてる！」

　僕の目のまえで、ゴンブトムシが花瓶のうえを歩きだした。

　いいいいい生きてる子じゃん！

「ふぁ、や、やば！　えええええっ、い、いつからいたの!?　けっか、結界は!?　んううっ、とにかくお外！　お外に出よう!?」

　花瓶は森を描いてるけど森じゃない。ゴンブトムシのエサの樹液はぜったい出ない！

　お外に逃してあげなくちゃと思って、お手てを伸ばしたら、ゴンブトムシがジワリと空気ににじんで、スゥ……と透明になった。い、いま魔法使うのは困ります……っ。

「んあああっ、見えなくなるぅ！」

　見えないの困るけど、魔法の使いかたがじょうずすぎて、虫なのにすごいっていう気持ちになる。

あ、もしかしてお部屋がユラユラして見えたのは、ゴンブトムシの魔力のせいだったのかな。

「ゴンブトムシ、ここから出ないと。ここじゃエサとかないよ、おなか空いちゃうよ」

ゴンブトムシは大きい虫だけど、さすがにあんまりつよく触ったらおケガさせちゃうと思う。だからヘタにさわれなくて、僕は一生けんめい声をかけながら目を凝らして花瓶のまわりをぐるぐるした。

んううう……見えない。

「どこに行ったんだろ。みつける方法ってあるのかな。……あ」

使用人にも協力してもらった方がいいよね、って思ってたら腕にいわかんあり。

見たらゴンブトムシが僕の腕にくっついてた。

「透明なままで移動したの？」

かっこよすぎる！　僕はゴンブトムシの才能に感動しつつみつかってホッとした。

「よーしよし。いまお外に行くからね。つかまっててね」

ゴンブトムシを振り落とさないようにそーっと歩いて、廊下に出て、出入り口にしてる窓をまたぐ。

二の腕をつかまれてるからちょっとギコい動きになりつつも、ぶじにお外に出れた。

「はい、お外とうちゃーく。……いない！」

自然におかえり、って見たらもう僕の腕にいなかった。羽の音もさせず、透明になってどっかに飛んでっちゃったみたい。

さすが虫。マイペースである。……お部屋にもどってたりはしないよね？

「信じるしかあるまい」

僕はお空を見上げて、ゴンブトムシのぶじを祈るのでした。


「ぼっちゃまー！　どちらにいらっしゃいますかー！」

「キティーッ」

おうちに帰ると僕を呼んでさがしてたキティがいたので、ぴゃーって駆けつけて、ただいまする。心配かけてごめんねの気持ちでハグすると、キティも深く息を吐いて抱きしめ返してくれた。

「ぼっちゃま……！　お昼寝のあとお姿がなくなったので、お探しいたしました」

「ん。ごめんね。ちょっとお外に出てた」

「さようでございましたか……ああ、少々お体が冷えていらっしゃいます。そろそろ暖炉の準備をしたほうが良いかもしれません」

「んふー暖炉ってあったかくていいよねぇ」

別棟から急いで帰ってきたけど、たしかにお耳とか冷たいや。暖炉のまんまえに座れたら、すぐにぬっくぬくになれそう。

僕はキティと手を繋《つな》ぎながらお部屋にもどる。秋の初めとくらべたら、廊下もずいぶんひんやりしてきたなぁ。

僕のおもな活動拠点が応接間になる季節である。

「んあ。キティ、アラベルおねえ様のとこにも暖炉ある？　寒くないかな？」

「はい。別館にも暖炉がございます。本館よりもあとに造られた暖炉ですから、魔道具がついていて、パチパチという音も少ないそうですよ」

「ふぁー、静音仕様なんだ」

僕は火の音好きだけど、いやな人もいるよね。静かなお部屋でずっとパチ……パチ……って鳴ってたら「アーッ」てなるかも。……あれ。気にしようとしたら、僕も気になってきたな。い、いけないいけないっ。気にしないぞ！

お部屋につくと、メイドたちが羽織《はお》る上着を選んでくれる。色合わせとか素材とか、こだわりがあるんだって。僕のメイドはオシャレなのだ。

ありったけの信頼でお任せしてたら、上着を合わせてたメイドがビクッとなった。

「ぼ、ぼっちゃま、虫獲《むしと》りをなさっていたのですか」

「んう？」

「お胸に立派な甲虫が」

「あ！」

胸元を見るとそこには金色に輝くゴンブトムシがいた。僕がつかまえたんじゃないよってゆったら、キティがむんずってして窓のお外の枠に置いてにがしてくれました。

大きくてリッパだからもっと見たかったけど、ゴンブトムシにも家族がいるからしかたないよね。

ぶじにお帰りなされよ！

閑話　まわりの人たち

トリアイナ閣下の末息子であるフランぼっちゃま。騎士としての将来がついえた私は、そのぼっちゃま付きのメイドとして新たな人生を歩み始めた。

この冬、3歳をお迎えになるぼっちゃまは、不安になるほどおちいさい。お昼寝から目覚めたぼっちゃまは自ら寝室の扉を開けてくださった。けれどドアノブに引きずられるように出てこられた姿が、まるで罠《わな》にかかった「引っかきラクーン仔《こ》ダヌキ」のようで、すぐ助けに行かねば命の危機だと思わせる。

ズルリと出てきたぼっちゃまは、ぱっとドアノブからお手を離し、その場で仁王立ちになられた。

「キティ、さむい」

なんと！　まさかお昼寝の間にお体が冷えてしまったのか……！　駆けつけて私の手でぼっちゃまのお手に触れると、ちいさな指先がひんやりとしていた。

「まぁぼっちゃま！　お手が冷えてございます……！」

「ふぁー、キティのお手てあったかいねぇ」

「すぐに応接間へまいりましょう。暖炉の掃除が終わりましたから、火が入れられているはずです」

「ん」

のんびりしたぼっちゃまをガウンで包み込む。お手を握らせていただき、階下にある応接間へ行こうとお部屋を出たところで、クンッと後ろへ引っ張られる感触。振り返るとぼっちゃまが眉をくにゅりとさせていらっしゃった。

「キティ」

「はい、ぼっちゃま」

「足つめたい。やだ」

「ぼ、ぼっちゃま……」

「ろうか、やーです」

靴底から冷気が伝わったらしい。そもそも廊下も冷えている。自室との温度差を敏感に感じとったぼっちゃまは、お部屋のギリギリに戻るとしゃがみ込んでしまわれた。断固動かない、の姿勢だ。

なんというタイミングだろう……先輩メイドたちはぼっちゃまのおやつの試食会へ行っていて、初めて私ひとりでお昼寝番になった日にこんなに寒くなるとは。先輩たちはどのように対処していたのだろう。考えてみても、私には騎士の経験しかない。

(動けなくなった騎士、いや民間人の移動と同じでよい……はず!)

「ぼっちゃま、だ……抱き上げてもよろしいでしょうか」

「ん!」

ぼっちゃまは私の提案をあっさりと許し、しゃがんだまま両腕をこちらへ伸ばしてくださった。私もぼっちゃまへ腕を差し出し、おちいさい体を持ち上げて――

「よっ」

「エブゥ……ッ」

「ぼっちゃま⁉」

肩に担いだぼっちゃまから聞いたことがないお声が出た。慌ててお部屋へ降ろして跪《ひざまず》く。い、異常はないか……⁉

「おなかぎゅーてなった」

ぽこんとした柔らかいおなかには、私の肩は硬すぎたらしい。ぼっちゃまはケロリとしたお顔でおなかをさすっていらっしゃるけれど、苦しかったのでは……っ。

「申し訳ございません！」

「もっかいやって」

「は、はいっ」

「エブゥ……ッ」

「ぼっちゃまー‼」

先ほどよりゆっくり担いだけれど、だめだった。ぼっちゃまの声が聞こえた次の瞬間には床に降ろして、お体の確認をする。苦しそうではないけれど、このままでは冷えてしまう。早く応接間へ向かわなくては………！

（他の運搬方法を試そう）

「よ、横抱きにいたします」

「どうやるの」

「立ったままでお待ちください」

「ん」

「こうして、……こうです」

「ブベンフフュフフフフフ！」

少し私の肘は痛むがぼっちゃまはとても軽い。ひょいと抱き上げることができてホッとする。しかし数拍のあとぼっちゃまは体をよじりだされた……！

「ンヒュフフフッやー！」

「ぼっちゃま!?」

手足を伸ばしてVの字になると、私の両腕の間からストンと抜けていった。ぼっちゃまはお膝のあたりをせわしなく擦《こす》っていらっしゃる。

「おひざかゆくなるっ」

「申し訳ございません！」

深々と頭を下げるしかできない。私はなんと不甲斐《ふがい》ないのか……！

「キティ」

「は、はい！」

「さむい」

「く……っ」

ここでモタモタしていては、ぼっちゃまがお風邪を召してしまう。

（かくなる上は……！）

私は覚悟を決めて、ぼっちゃまの隣に回り込んだ。

「失礼いたしますっ」

「ンパッ」

怪我がないほうの腕で、掬うようにぼっちゃまを持ち上げる。私の腹と脇、そして腕でホールドする形は、補給物資などを運ぶときの格好だ。……人にやる方法ではない。小脇に抱えられたぼっちゃまは、ぐんなりしていてお顔も見えない。

「………」

「い、いかがでしょうか」

「んんう、んんんー？？？」

呻《うめ》くようなお声と、お体をねじってずり上がる動作。やはり苦しいか……!?

「ぼ、ぼっちゃま」

「キティ、キティ、もっとぎゅってして」

「は……？　あ、はい！」

「ん」

一瞬言われたことがわからなかったが、どうやらもう少し上で抱えて、しっかりホールドする方がお楽だったらしい。

「…………へふ」

「応接間へまいりますね！」

おとなしくなったぼっちゃまを抱え応接間へ急ぐ。お楽そうとはいえ、お体に負担がないわけではないでしょう。

大股で応接間に着くと、期待通り暖炉の火はついていた！　空いた片手でクッションをかき集めて暖炉の前に敷き、その中央にぼっちゃまを座らせた。ぼっちゃまはふうーと大きな深呼吸をなさると、気持ちよさそうに暖炉にお顔を向けられた。

「んはあ……ぬくいねぇ」

「ぼっちゃま。おなかは痛くなっていませんか」

「うん。すこしはーはーしただけ」

「はーはー……い、息が苦しかったのでしょうか⁉」

「くるしかった」

「もうしわけっ」

「けど、ぎゅうってなってるのは好き」

クッションに埋もれるように体を伸ばしたぼっちゃまは、私を見上げてにこりとされた。

「キティもだんろして。ぬくいよ」

「ああ……っぼっちゃま……‼」

こんなに、こんなにおちいさいのに、なんという慈悲のお心をお持ちなのか！！！

私は感動で意識が遠のくのを感じながら、ぼっちゃまにお仕えできるこの仕事に命をかけようと決意するのだった。

第2章 冬のアスカロンもたのしい

Akuyaku no Goreisoku no Dounikashitai Nichijyo

†お父様と風邪予防のお風呂

「おっふっろ、おっふっろ」

朝起きてひとりでお勉強――えらい――したあと、だいぶおヒマになった僕は、お風呂にはーいろっ、ということでお風呂への廊下をごきげんに歩いていました。

廊下はひんやりしてるけど、体を動かしていればさむくないよ。これぐらいの日のお風呂って最高だよね！

「今日はなんの入浴剤にしようかなぁ。秋だから葉っぱっぽいのがいいかな、あ、でもフルーツも秋っちゃ秋っぽい？」

「サガミ様が送ってくださった入浴剤はいかがでしょう」

「んあ！　いいね！　そうしよっ」

悩んだらステップがにぶったけど、キティがゆってくれたから、またごきげんにズンズムしちゃう。

広い廊下をにゅんにゅんと蛇行したり、足をまえにやったと見せてうしろにやったり。

ふつうに歩くのの二倍くらいのお時間をかけて、お風呂場にやってきました。ここからは早いよ。脱衣所に立ってるとメイドがスポン！　ってお洋服脱がせてくれるから、そのままお風呂にトツニューだ！

桶《おけ》で体にお湯をかけてもらって体を慣らし、手でもお湯をちゃぽちゃぽ触る。熱くない？　熱すぎないかな？　……うむ。よし！

「よい……よ……っぷはぁー」

つま先ちょぽ……っとさせて、そっからはずいーって肩まで入ってく。んあーあったかぁい！　ため息出ちゃうよね！

「ぼっちゃま。どうぞ」

「ありがと！」

キティがレースの袋を渡してくれた。おリボンで結んである袋の中身は、サガミくんがくれた入浴剤です。お湯にひたすと、じんわり香りがにじみ出てくるんだよ。

「んはぁーいい香り」

だんだん染みてくるお湯とひろがる香りがおもしろくてモミモミしちゃう。

レースが透けて袋の中がちょっと見える。中身は四角い木チップだ。モミモミするのがバレてたのか、角っちょがぜんぶ丸くなってて、触っても痛くないようになってる。

持ち上げてお鼻に近づけるととってもいい香りがした。バラみたいな、木のような、甘くて眠たくなる香りだ。

「なんの木だろ。キティ、サガミくんのおうちってふしぎな植物多くない？」

「さようでございますね。サガミ様のご実家のリピード伯爵領は古く、文化的にも変わった所があるそうです。そちらのローズウッドという木で風邪を避ける効果があり、季節の変わりめにぴったりだと書いておられましたね」

「ほほほう。これでお風邪ひかなくなるなら最高だねぇ」

袋をお湯にジュワーとさせて深呼吸。んあーいい香りすぎる。そのまま、ぼぶぶぶ、とお鼻にお湯が入るか入らないかギリギリのところまで沈むと、首のうらっかわもあったかくなってしあわせな気持ちになった。んあーぬくいって最高だぁ。

このまま寝ちゃいたいなぁって思ってたら、入り口のほうがざわざわしだした。

「んう？」

「少々お待ちください、確認してまいります」

僕が沈まないように頭を支えてくれてたキティがちょっと離れる。うむん。起きなくては。

ちゃぽ……と体を起こしてお顔をあげると、すっぽんぽんでなんか、なんかでっかい人がズッシズッシと入ってきてた！

「ぼっちゃま。旦那様が」

「フラン！」

「おっ、は、お父様だぁー！」

でっかい人はお父様でした。キティのお知らせよりも俄然早く入ってきちゃったっぽくて、背後でメイドたちがあわあわしてた。

「うむ！　温まっているか！」

「っはい！　お父様、お父様も入ってください！」

「うむ！」

お父様は体にお湯をバシャンバシャンて豪快にかけると、おとな用の深いほうにじゃぶん！　と入った。

「はぶぁー」

おとな用から僕の子ども用のお風呂にお湯があふれる。流れるプールみたいに身を任せてみたら体がユラユラした。お尻を支点にしてゆっくりぐるーんって回転しちゃう。おもしろい！

「ぬ、どうした！」

「っぱ！　んひゅひゅ！　お父様はおおきいから波がばしゃーんてしました」

だいぶおさまったけどまだユラユラするから、僕は立て膝になって、お返事しながらぷかぷかとくるくるをたのしむ。んふーっ。クラゲになったみたい。

「フラン、こちらへ来い。流されてしまう」

「はぁい」

おとな用に入れるのはレアだ！　行けるときに行かねば。

いったんお風呂の床にお手てをついて立ち上がり、お風呂の境目をよいしょってまたぐ。

ローズウッドの袋も落とさないようにしなくちゃ。あ、あとおとな用は深いから、思ったより深いぞって覚悟しとかないとびっくりしちゃうんだった。

ふたつのことを考えて、ちょっと動きがにぶくなる僕。

片足は大人用、片足はまだ子ども用のとこになってたら、お父様にひょいっと引き寄せられた。テレビのリモコン並みにいとも簡単な移動である。力を抜いておまかせすると、お父様はお膝にのっけてくれました。

お父様のムッキムキの体は大きくて寄りかかれるし、腕をシートベルトみたくして支えてくれるから安定感すごい！　お湯の中なのに浮かなくて楽ちん！

「んふふふ！」

「うむ。沈んではいないな！」

ちょっと濡《ぬ》れてる頭をお父様のお胸に押しつけて見上げる。目が合うとお父様はうむってうなずいて、大きいお手てで頭をなでてくれた。ふひゃーびしゃびしゃになった。うへへへへへ。

「フランは良い香りがするな」

「んあ、これですっ。サガミくんからもらいました！　お風邪ひきにくくなる香りだそうです」

ぎゅって握りしめてた袋を、お湯から引き上げて見せるといい香りがした。

「それは良きものをもらったな。良い友か」

「はい！　サガミくんはすごくやさしくて大好きです。あっ、ハーツくんもですっ。ふたりとも好き！　みんなでお茶会すると、とってもたのしいんですよ！」

「うむ。良き友は大切にせよ！」

「はい！」

お父様におともだちが褒められたように感じて、なんかうれしいし照れちゃう。ちょっとうつむいて、お湯の中で袋をもみもみ。

よし。エキスよ、いっぱい出るんだ。サガミくんのローズウッドすごいってところを見せるのだ。

それに、いっぱいエキスが出たら、お父様もお風邪ひかなくなるもんね！

熱心にもみもみもみしてると、お父様がまた僕の頭をなでてくれた。お手てがローズウッドのいい香り！

「んふふっ。お父様もおんなじ香りになりました」

「フランと同じか。それは元気になるな！」

「はい！　元気になります！　えへへ」

お父様がたのしそうに言って、僕の肩にお湯をかけてくれた。

ふあぁ、ぬくい！　元気出てくる！

僕は両手で袋もみもみしながら、お父様を見上げてにこにこしちゃうのでした。

†せんせぃからサイのジェスチャーを教えてもらいました

頭に本を置かれても落とさないでまっすぐ歩けるのは、アスカロンの貴族の基本である。

さらに上級者の僕は、ティーカップものせちゃってる。ソーサーごとだ！

「いちに、さん、いちに、さん。扉を開けマスよ～」

「はい！」

外国語のハルトマンせんせぃはマナーにもセイツーしてて、今日はお勉強が早く終わったので、今度のアラベルおねえ様がやる初パーティー用にって歩き方の復習もしてくれてるところだよ。

広めのサロンを歩き回り、せんせぃが架空の扉を開けてくれるふりをするのを僕は動揺しないでくぐってみせた。

フフーン！　じょうずでしょー！

壁側まで歩いたから、こっから折り返して元の位置にもどればマナーの復習もおーしまい！

ターンして、せんせぃの手拍子に合わせて、鼻歌うたえちゃうくらい優雅に歩いてたら、まえからメイドが早足でやってきた。

(む……マダム役だな！)

パーティーは人がいっぱいだから、誰《だれ》かとすれ違うこともあるもんね。

僕はすっと横に避《よ》けて体を斜めにし、マダムが通りすぎるのを待つ。女の人のおじゃまをしないで歩くのが紳士の基本なの、僕知ってる。習った。

ススス－ッと歩いてくメイドをにこーってした微笑《ほほえ》みで見送り、元の道を歩きだそうとしたら、こんどはメイド長が歩いてきた。

（に、二連続……だと⁉）

まぁまぁまぁ。パーティーならそういうこともあるでしょう。

メイド長がいつサロンに来たのか気づかなかったけど……横に避けて通りすぎるのを待つ。

が、なんかメイド長がめちゃくちゃ遅い……！　ここはサロンだし、練習してるの僕だけなのに、エアで誰かとあいさつしたり、手鏡を出して髪を整えたりしてる、エアで！

（ぐぃぃぃ）

直立って意外とむずいんだよ。頭にのせた本がぐらぐらしないように、顎を引いて耐え……んは！笑顔。笑顔忘れずにだ！

メイド長はおうちに勤めて長いメイドさんで、せんせぃよりもマナーに厳しかったりする。あとちょっとこわい。帽子いっぱいに落ち葉とテントウムシいれて食堂に行ったら怒られたことあるからね！　テントウムシが羽ばたくとは思ってなくて……あれはホント反省してます。

笑顔ってどんなだっけ、ってなりかけても気合いでお口のはしを上にあげてると、メイド長が歩きだした。やっとすれ違ったメイド長は、微笑みとともに会釈《えしゃく》してくれたよ。合格のようです！

「マダムを見送り、さぁ階段デス」

「ん！」

いつの間にか積まれた木箱をトントンのぼる。三段しかないや。

「フラン様は忘れモノを思い出しマシタ。振り返って降りまショウ」

慎重に振り返って、階段をおりる。段差をおりるときがいちばん揺れるから、ゆっくりゆっくり。

「では、お席にどうゾ」

「ありがとう」

おりきると、せんせぃがテーブルのおイスを引いててくれたので、お礼をゆいつつ左側から腰掛けた。ど、どうだったろか……！

ドキドキしてると、せんせぃがパチンと両手を合わせた。そんで頭が軽くなって、お顔をあげたら満面の笑みのせんせぃとメイドたち！

「フラン様！　とてもとても良いデス！　すばらしい！」

「おじょうずでございます！」

「悠然としたお姿は貴族の鑑！」

「惚《ほ》れ惚《ぼ》れする微笑みでございました！」

「まぁね、まあねぇー！」

みんなが拍手してくれるから、お鼻の穴が大きくなった。褒められるときは全力で味わっちゃう。おイスの上でふんぞりかえるのだってお手のモノだぞ。

ンフンフしてる僕のお向かいにせんせぃも座ってくれたから、お勉強おしまい。ティータイムのはじまりだ！

「本当に、とてもよくできました。カップの音がしまセンでしたヨ。フラン様の努力のタマモノです」

「えへへ。せんせぃ、ありがとう」

「どういタシマして」

お顔を合わせてふたりでぺこりってして、それからうふふってする。せんせぃはいっぱい褒めてくれるから授業がたのしいんだ。

紅茶がつがれて、軽食のお皿が置かれた。ふわんといい香りするお皿は、もちろん大好きなアップルパイがのってる。

「んあーっ。今日のアップルパイもおいしそうっ」

「ホントウですね。トリアイナのシェフは、お料理がうまいです。世界の誰が食べてもおいしいと言うでショウ」

「うんうんっ」

ぜったいにそう！

僕はナイフとフォークを手に取って、アップルパイにサクリ。ちょうどいいパリパリとしっとりした感触。これはまちがいないぞと確信して、ひとくち分をぱくんとする。

「んううう一……！」

リンゴが、一段とおいしくなっている。

なぜなら今が旬だから！

冬の始まりのリンゴは特に香りが良くて、お口でひろがるリンゴのスープに慌ててほっぺにお手てをあてれば、頭からつま先までリンゴに包まれる感じがした。全身が甘くてさわやかで、しっとりしたリンゴになったみたい。こくんと飲みこむと、おなかからお鼻に香りがもどってくる。

「ふはぁー……これはすごい……おいしい……とまらない……」

お手てからナイフとフォークが離れない。あと視界いっぱいにアップルパイしかない。リンゴがつやつやでパイがサクサクで層になってるのがよく見えて、なにこれすごいおいしい。

「フフフ。フラン様がおいしそうに召し上がるお顔は、見ていてしあわせになりマスね」

「んあ、せんせぃも食べてね！　すごい、すごいよ。今日のアップルパイは次元を超えてるの。アップルパイというステージから飛び出して、もう究極体になろうとしてる」

「Ｏｈ……情熱的デス」

真剣にお伝えしたら、せんせぃはゆっくりとひとくち食べた。目を閉じて「ううん」と歌うみたいに感動してくれる。わかる。わかるよ……！

「素晴らしい！　このリンゴは、ゴールデンリノセロが運んでクレタのカモしれませんね」

「んう？」

聞いたことないお名前だ。リンゴ農家さんとかです？

お口をアップルパイで満たしながらせんせぃを見たら教えてくれた。

「ぼくの祖国に伝わる伝説の生き物です。こちらではなんと言いますか？　こういう動物で」

せんせぃは両手の親指と小指だけを立ててお鼻のとこで重ねた。アロハの手を作って長さを出すみたいな感じで……。んぬ？　やってみたらわかるかな。お鼻が長くて上をむいてて、こう……。

「あっサイ？　サイかな？　カバみたいだけどお鼻にツノがあって、うおおーって突進してくる動物です」

「Ａａｈａ！　その子デス！　サイというのですね、覚えました。ありがとうございます、フラン様」

「わぁ！　僕がせんせぃに教えれることがあるんだね！」

うぇへへ。クイズ当てただけでも、せんせぃはどのタイミングでも褒めてくれる。うれしい。

「ぼくは、フラン様からたくさんのコトを教えていただいてマスよ」

「えぇと、そのゴールデンリノセロはリンゴを？　あっ、掘り当てるのかな！　なんかいるよね、おいしいキノコみつけてくれるブタさんとか」

「オー！　それはキュートなブタさんデスネェ。ぼくの国のリノセロは、精霊がのった馬車を引いていマス。馬車には金銀財宝と、世にもおいしい果実が積まれていて、精霊の気まぐれで通りがかりに落としていくそうデス」

「世にもおいしい果実……リンゴ……」

ごくり。

そんなの、最高の馬車すぎる！

気まぐれでも、落とし物という名のプレゼントもあるなら、なんか仕事がアラめのサンタさんみたいだ。

サイが引く馬車とか、突破力がスゴそう。ぜったいに引き止められない。気まぐれ待ちをするしかないけど、いいなぁ。馬車いっぱいにリンゴあったら、三日くらいは食べ放題できるもんね！　夢いっぱいだ！

「んはぁ。リノセロ、我が家にもおとどけに来てくれないかなあ」

「来てくれたらステキですねぇ。ぼくはオリーブをたくさん、たくさん欲しいデス」

僕とせんせぃはちょっと欲にまみれて、うっとりするのでした。

†天空のゆらゆらなお城

秋もおしまいになってくると、庭園の景色もちょっと変わってくる。緑色だった葉っぱが黄色やオレンジになって、落ち葉もふえる。

お散歩は朝いちがおすすめだよ。落ち葉ふみを楽しめるからね！　油断すると庭師の人たちがほうきでキレイにしちゃうから、朝ごはん食べたらなるべくすぐにあそびに行くのがいいのです。

いそいそやってくると、今日はブランコんトコに落ち葉がいっぱいあった！

「やるか……んふふ」

ブランコの座るところに落ち葉をつみだす僕、公爵家三男７歳。

いつもサコサコガササーッて踏みこんで大暴れしてあそんでる落ち葉ゾーンだけど、今日のは色がキレイだから、一枚ずつ拾ってはブランコにつんでく。

「で……できてしまった」

過去イチおしゃれな山がブランコに。こんな色とりどりなのに三角もキレイな山はなかなかないよ。おしゃれすぎる……！

（そうだ！　せっかく山があるんだから）

僕は地面をキョロキョロして小石をみつけた。どら焼きくらいの大きさの石をよっつ、ブランコを揺らさないように重ねて置く。これはお城！　紅葉した山をうしろにして建つかっこいいお城！

「はわー。つよそう」

ロケーションが最高で映画に出てきそう！

ノッてきた僕は、ブランコのまえに本格的に座って、真剣に築城を開始した。山はもっと高い方がかっこいいな。石ももいっこ重ねて二階、いや三階建てのお城にしちゃおっ。

（あ、お城にはつよい騎士もいなくちゃだ）

僕はお腰のベルトのとこをもちゃもちゃして、いつもぶら下げてる木彫りの馬を外した。おじい様がくれた馬で、キリッとしたお顔のかっこいい子。

『ゼツエー』ってお名前もつけたよ。

僕はゼツエーを最強の騎士にして、ブランコのまえを走らせた。

「山城であるぞー、であえであえー。ヒヒーン。ここにもっと塔をたてたら、カッコいいヒヒーン。……うむ。さすがゼツエー選手、今日もセンスがいいですね。ありがとうヒヒーン」

小声でふたり分の役をこなす。

物語はとっても壮大で、お城は山のまえにあるけど、この山自体が空中なの。お空だから敵にみつからないし、なんかあってもゆらゆらできるから無敵なんだぞ！

限界まで落ち葉をつんで山を高くした僕は、仕上げに塔になれそうな小石をさがした。うむ、この石がいい。こうして、こう。そしてゼツエーの定位置はここだ！

「ふはぁーかっこいい……」

天空のお城に塔まで建って、思わずため息が出ちゃう。なにこれかっこよすぎる。住みたい。

「………んえ⁉」

うっとりして見てたら、お城のてっぺんにゴンブトムシがズモン……とのってた。その姿は前世で見たお城のシャチホコ、いや、いちばん上の石より大きいから天守閣みたい。

「えええええ……えええええぇ」

座りがよいみたいで、じっとしてるゴンブトムシ。よく見てるうちに大きさとツヤと角の感じが、別棟で見たゴンブトムシにそっくりなのに気づいた。ゴンブトムシは僕の見ているまえで大きくなったり小さくなったりして、天主閣に最適な大きさになろうとしてくれる。ありがたい。……この子、あのゴンブトムシだ！

「な、なんでまだここにいるの……？」

僕のお洋服にくっついてて、キティが窓から逃がしてたのに。

ゴンブトムシはたぶん気候が合わなくて、帝都にはいない。

目のまえのゴンブトムシは大きくて立派で、ふつうならぜひ天守閣をおまかせしたい風格だけど……むうぅん。ここにいていいのかなぁ。僕んちの庭園が快適ならいいけど……。

「ぼっちゃま。どうなさいました」

「キティ。ゴンブトムシがいるの」

「ゴンブトムシでございますか」

困った気持ちでキティを見上げたら、キティはちょっと屈《かが》んでブランコを見てくれた。ので、僕も見る。

「いないようですが」

「ほんとだ。いないね」

ゴンブトムシ、いなかった。まぼろしだったの……？

僕がポカンしちゃうけど、キティはお城のできのほうを気にしてくれたよ。

「ぼっちゃま。完成でございますか」

「んあ、っうん。これはね、お空のお城！」

「独創的なお城でございますね」

「んへへ、そうでしょー。ブランコにのってるから、敵が来てもゆらゆらして避けられるんだよ」

「まあ！　そこまでお考えとは……！」

びっくりしてるキティに、だいぶゴマンエツな気持ちになっちゃう。天守閣がなくなったのはさみしいけど、じゅうぶん立派なお城なのだ！

しばらく見て満足したので、僕はゼツエーを回収して立ち上がる。日陰になってきたから、あったかいとこに移動しようね。

「よいしょ。つぎはキレイな葉っぱをさがします。キティたちもお手伝いしてね」

「かしこまりました」

お城を保存できないのは残念だけど、ショギョームジョーだからかっこいいものがある、って前世の三国志好きのおともだちがゆってたもんね。なんか、それだ。

キティと手を繋《つな》いだ僕はぽこぽこと歩きだし、……いっかいだけブランコを振り返った。

（あ……）

半透明になったゴンブトムシが、木漏れ日にキラキラして天守閣になってた。僕のお城を気にいって、守ってくれてるのかも！

「ぼっちゃま？」

「んっ。なんでもないよ。落ち葉さがそ！」

うれしい気持ちでスキップしながら、僕はキレイな葉っぱさがしに向かうのでした。

†ご先祖様がだいぶえらい

冬のよく晴れた日。

僕はお外に出て、使用人たちといっしょにおうちの煙突を見上げていた。

「ほはぁー高いトコにいる……」

屋根には子どもふたりと大人がひとり立ってる。暖炉のおそうじをするためにエントツの中に入る子たちです。でっかいブラシ持って、おなかにロープ巻きつけて、着々と突入準備を進めている。

「キティ。あの子たちは高いトコこわくないのかな。あぶなくない?」

あそこは僕んちの中でもとくに高い場所。見てるだけで心臓ドキドキしてくる。僕はキティのスカートをぎゅっと握ってたえるけど、心配は止まんない。

いつもは暖炉そうじが終わってから応接間に行ってたの。で、今年はお外の様子も見たいなーって気軽にゆったら、めちゃくちゃこわいお仕事してたっていうね。

「彼らも慣れておりますから、恐怖はないようですよ。たしか数年前にスラムの長が変わったので、掃除夫らの扱いも良くなったと」

「そうなんだ」

見られてよかったっていう気持ちと、心配すぎて夢に出そうって気持ちがいっしょになってクチャッとなる。

僕がやってるわけじゃないのにやってる感じになるってゆうか、落ちたときのことを想像してクラクラしてきた。

そしたらシツジがゆった。

「ぼっちゃま、ご心配なく。当家には安全を確保するために、煙突内に魔道具を仕込んでおります。万が一落ちても、怪我をしない魔法が発動するのですよ」

「ま……魔道具！　なにそれすごいね！」

「はい。三代目トリアイナ公爵ナタン様が、当時の公爵方とともにご考案され、魔道具の平和的な使用法の幕開けとも言われている大変素晴らしい機能でございます。高位貴族にとって、掃除夫らが不慮の事故にあうのは恥ずべき事態であり、忌《いみ》部屋を持たないことが常識となりました。まことに、まことに！　誇らしいことでございますね」

「んへぇえー」

(シツジ、大興奮)

シツジがこんなにうれしそうに教えてくれるのはめずらしい。シツジはお父様のことも大好きだけど、我がトリアイナ家のことも大好きなんだよね。

キラキラした目のシツジを見たら、僕のドキドキもちょっと落ちついてきたよ。

あと三代目のひと、とてもエラい。ご先祖さまエラい。

(安全なんだ。よかった)

きのう、シツジが応接間で使用人たちといっしょに準備してたのも、魔道具のチェックも兼ねてたんだって。シツジは働きものだ。

よく観察したら、お外側にもムキムキタイプの使用人たちがスタンバイしてるし、安全対策してるみたい。

半分くらい安心したけど、まだ半分はドキドキなので、キティのスカートを握りしめながら、子どもがエントツに入るのを見守る。

そんで三十分くらいいして――。

「んあ！　ブラシ出た！」

エントツから、ぼむん、と大きいブラシがススと出てきた。黒々になっちゃったけど子どもも出てきて、大人に引っぱりあげられてる。

「間もなく掃除も終了ですね」

「ん！　僕、えーと、ネギライに行きます！」

「かしこまりました」

何事もなく今年もおそうじが終わったようです。

僕はススが落ちつくのを待ってから応接間に入れることになった。

「こんにちはー！　おそうじ、ご苦労さまでした！」

どーん！　と中に入ると、室内で暖炉そうじを担当してた子たちも含めて、みんな整列してた。

ほっぺとかお手てとか、お洋服にもススがついてて、すごくがんばってくれたのがわかる。

「ええと、あ、キミがエントツに入ってた子！　エントツにスポンて入ってすごかっ……」

並んでもらうとエントツの担当の子は、ほかの子よりも体がちっちゃい子だったのがわかる。それに汚れもすごい。

こんなん僕の感想戦をしてる場合じゃない……！

「ちょっと待ってね！」

僕は気合いをいれて魔力を練る。

「ぬぅぅうん……清浄魔法《クリーン》！」

僕ができる最高の状態の清浄魔法を、子どもたちを中心にしてワーッと展開させた。じわーと魔力がひろがって、ススもホコリもぜんぶ魔法が吸いとって分解してく。

お洋服はちょっとまだ汚れてるけど、体はキレイになったことでしょう！

はじめて魔法を見る子もいて、すごくびっくりしてた。

「んはっはっはー！　あっちゅー間だったでしょー」

「あああありがとうございます！」

うむうむ。よきにはからえ。

いまのは我ながらよくできた！　お胸はっちゃう。清浄魔法は毎日使うから、『地道な練習』というものにカウントされてるのかも。うむ。反復練習って大事だなぁ。魔法の家庭教師せんせぇが練習をループさせてる理由がわかった気持ち……。

あらためてみんなにネギライの言葉をかけて、お見送りすることにした。玄関まではさすがにダメらしいので、応接間の入り口までだけどもね。

子どもたちはまた廊下で一列になると、僕にペコリとしてくれる。そのお顔をひとりひとり見てたら、見覚えあるような……？

「んう？　僕、きみのお顔知ってる……ちょっと待って、思い出すから。うーん……？」

中くらいの背の子で、お顔はキリッとして、なんか頭よさそう。見たことあるなぁ。えーと、んーと。記憶の中ではもっと髪が黒々で……。

「あ！　去年もおそうじに来てくれた子だ！」

パッと思い出した。そうだ。去年はもっとちっちゃくて、いちばんススで汚れてた子だ。いま思えば、エントツ係だったんだね。

「ほはーっ。お元気だった？」

「は……はい！　ご貴族さまのおかげで、すっかり体も良くなり、げんきにしています。ガッコウもたのしみです……っありがとうございます！」

「おん？」

「旦那《だんな》様が計画なさった施設でございます。春から運営される予定です」

心あたりがないお礼に首をうぬん？　とさせてると、キティがこっそり教えてくれた。

あ、ガッコウってお父様のやつかあ。そういえば街ででっかい建物たててたけど、あれってみんなが通える学校だったんだ。うんうん、学校はいいよね。おともだちできるしたのしいもん！

「たのしみだね！」

「は、はい！　ご貴族さまのお役に立てるように、がんばります！」

「うむ！」

目標があるのはいいことである。

「お菓子あるから持ってってね！　あ、あとポーションは帰るまえにぜったい飲んでね。なんかススとか体によくなさそうだから」

「はい……！」

「ありがとうございます……!!」

お仕事を終えてやりきったお顔の子どもたち。キリリとしたふんいきは、職人さんのようなかっこよさだ。

えらいなぁとお背中をお見送りしつつ、僕ももっと魔法の練習をしようと思ったのでした。

†僕たち、パーティー調査隊！

アラベルおねえ様のパーティーの日になりました。

お昼からおうちのまえに馬車でどんどん来て、人がずんずん入ってくの。タキシード姿の貴族に、カラフルなドレスや頭をこんもり飾りつけした人とか、教会の結婚式がいちばんすごいと思ったけど、それ以上にすごかった。

僕が来たことなかった大きいサロン。

みんなそこに集まってて、ステファンお兄様とアラベルおねえ様のあと、僕たちもチラッとごあいさつした。招待する人の多さも、お料理の数とか使用人の数もたっくさんで、大貴族って大変だなぁと思ったよ。

とはいえ。僕は公爵家三男のアレ、特になんともない身分だから、ごあいさつがおわったら、あとはサロンにぺろんといるだけで良いのであった。らくちん貴族。

「フラン、大丈夫かい」

「んあ、セブランお兄様！」

キティとかメイドさんに手伝ってもらって、うまく人陰に入って気配を消してたんだけど、セブランお兄様がみつけてこっちに来てくれました。

かつてない人の多さだし、僕もひそんでるしで、心配で探してくれたみたい。

「大丈夫？　人酔いはしていないかな」

「はい！　でも人がいっぱいでびっくりしました」

「うん、そうだね。父様は、パーティーをしないから……機会ができて、他家の者たちも張りきったようだ」

そうなの。なんていうか、いまサロンは、南国とかにいるキレイな鳥さんをぜんぶ集めて静かにさせました、みたいな空気感なんだよ。おしゃれでキレイだけど、元お姫様のアラベルおねえ様の威力により、すごく上品な空気になってる。キンチョー感にちょっと空気がキーンとしてるとゆってもいい。

少し先にいるご婦人たちが頭にのせたピンクや水色の羽根もさわさわさわさわ……って微弱な揺れを観測させてる。

「んんと、みなさんとても派手ですね」

「ふふふ。そう、派手だね。とても華やかだ」

「華やかで粛然としたパーティーは、美術品のように心も癒やしてくれる……さ！」

ぼや、と羽根を見てたら、お隣にキラキラした人がやってきた。振り向くと前髪をファサッ……とさせた――

「ブル様！」

「やあ、ひさしいねフランくん。元気にしていた、かな？」

「ひゃぁ……はい！」

ブル様はセブランお兄様の同い年のおともだちで、アスカロン三大公爵のひとつトリシューラ公爵家のご令息です。すっごくやさしくて、めちゃくちゃかっこいいんだよ！

ブル様は細いグラスをふたつ持ってて、ひとつをセブランお兄様にわたしてあげてた。ふはーっスマート!!

グラスを受け取ったセブランお兄様も微笑《ほほえ》んでる。

「ブルクハルト。挨拶《あいさつ》回りは終わったのかい」

「フフン。父と兄が来ているから、ね。ボクは自由に羽ばたき、セブラン様にごあいさつに来たのさ」

「サボっているのだな」

「ふっ、褒めているのだと受け取っておく……よっ」

「まったく」

セブランお兄様は、ブル様にあきれたお顔をしても、ふふふって笑ってる。ブル様といるときのセブランお兄様は、僕が知らない感じの雰囲気だしたのしそう。親友っていいよね！

みんなでおしゃべりできるかなと思ったけど、セブランお兄様は誰《だれ》かに呼ばれたみたいで、あっとなった。

「ああ、行かなくては。ブルクハルト」

「かまわないよ。ボクもフランくんとおしゃべりしたいから、ネ！」

「フラン、ごめんね。少し挨拶をしてくる。ブルクハルトとおやつでも食べていて」

「はいっ」

すまなそうなお顔をしたお兄様は、僕のお背中をなでてくれたあと、使用人にグラスを返して、ゆったりした足取りで行っちゃった。

「行ってしまった、ね！」

「セブランお兄様は働きものです！」

「まさに、ね！　そこが彼の心配なところでもあり、愛《いと》しいところでもある」

残された僕とブル様は意見が完全に一致した。お顔を見合わせて、うむ、としたよ。

「さて、フランくん。早速だけれど……重大なミッションを遂行しよう、か！」

「じゅ、重大な！」

僕たちにそんな大変なお仕事が!?　な、なんだろう、ドキドキしちゃう。おのどをゴクリとしてブル様の言葉を待つ。

ブル様は前髪をファサ……ッのあと、唇をふふふんとさせた。

「セブラン様が戻ったときに、感想を言えるようにしておかなくては……おやつの、ね！」

「んひゃっ、おやつの感想！」

そうだ！　セブランお兄様が言ってた！

こっちに来てくれたのも、僕がテーブルのごはん食べたり、ちゃんと飲み物飲んだりしてるか、心配して来てくれたんだと思う。

（セブランお兄様がもどってくるまでに、僕は、僕はおやつの感想を集めねばなんだ……実食で！）

たしかに重大なミッションだ。ブル様のゆうとおり！

僕はお胸のまえでお手てをぎゅっとし、気合いをいれた。

「ブル様、行きましょうっ」

「うんうん。張りきっていこう」

僕とブル様は、サロンに川のように並べられたテーブルへ向かうのだった。僕たちが目指すはおやつが多いテーブル。数々のご婦人方のごあいさつビームは、ブル様が華麗にかわし、またはキティたちが盾となってふせいでくれました。

そうしてたどり着いたのが、アップルパイやベリーパイ、ケーキやプチスコーンがメインのおやつテーブルです！

「んはぁああ……おいしそう！」

僕が隠れてた場所から遠かったから気づかなかったけど、こんなにパイがいっぱいあったなんて！

パーティーだから焼きたてではないし、香りのひろがりはないけど、つやつやなパイ生地や、しっとりケーキの断面で、おいしさはわかるよ！　シェフがんばったなー！

「トリアイナ家の菓子は見事だ……ネ！　帝国一と言ってよいだろう」

「そうですか……っ？　やっぱりそうですよね!?」

ブル様がおやつを褒めてくれた！

ブル様のところも大貴族で、おいしいワイン作ってるって聞いたけど、それでもやっぱり僕んちのおやつもおいしそうですよねっ。

僕はすごくうれしくなって、お鼻がひろがるのを感じた。

シェフが褒められるのは、僕が褒められたみたいにうれしい！

「シェフはいつもおいしいもののこと考えてて、ずっと研究をしてるんです！　このまえはやりすぎて鼻血だしてました！」

「ふふふ。熱心さは美しさ、さ」

「はい！」

僕のお鼻もなんだか熱くなってきたァア！　としてたら、テーブルの向こうから視線を感じた。

子ども用のグラスを持ってもじもじしてるのは、ハーツくんとサガミくんだった。さっきごあいさつはしたけど、そのあとは別れ別れになっちゃってたんだ。ここで再会できるとはっ。

「ブル様。あちらにいるのは、僕のおともだちのハーツくんとサガミくんです！」

「そうか。……フランくん」

「ふぃ！」

食べてるー？　って手を振ってたら、ブル様がこそっと言った。

「おやつはみんなで食べたほうが美味《おい》しい……よね！」

「ほひゃっ！　それは……それはそうですね!?　ハーツくん、サガミくん！」

名案にすぐのっかった僕は、手招きしてふたりをこちら側に呼んだ。あわあわして早足でテーブルを回って来てくれたハーツくんとサガミくんは、僕とブル様に丁寧にごあいさつしてくれたよ。

なにがなんだかわかんないのに、こうやって来てくれるふたりにジーンとしちゃう。

「ハーツくん。サガミくん。いま、僕たちはすごい大切な任務をしてるの」

「に、にんむ……！」

「……！」

さっきの僕とおなじように、ごくりとしてる。

僕がブル様に視線を向けると、ブル様はフッ……と笑って宣言してくれた。

「おやつを……全種食べるの、さ！」

「ぜ……全種！」

「わあっ。たのしそうです！」

ハーツくんとサガミくんは、ぽかんのあと、お目めをパチッとして、それからふにゃんと笑った。

ね！　おいしそ……ちがう、たのしそうだよねー！

「いっぱいだから、手分けして食べようねっ。おいしいのあったらおしえてね！　僕も食べたいから」

「さあ、仕事を始めよう……か！」

「「はいっ」」

ブル様の静かなスタートで、僕たちはおやつテーブルの攻略にとりかかるのでした。

†アラベルおねえ様もお花がお好き！

盛大なパーティーがおわった翌日。

「しゃわしゃわしゃわ……しゃわー」

僕はジョウロをそーっとかたむけていました。しゃわしゃわゆってるけど、さきっちょがシャワーじゃないからムズい。けど、がんばる。

今日は庭園のはじっこに球根うめたんだよ。クロッカスっていう、なんか前世のサンダルみたいな名前のお花で、咲くのは春なんだって。

僕のお顔くらいある銅のジョウロには、おじいがちょっとだけお水いれてくれた。僕は球根うめ係とお水やり係だから、仕上げの慎重に土に湿らせてるところなのだ。

「これくらい？」

「充分です。あとは球根の力を信じましょう」

「ん！　冬になるまえに、根っこぐんぐんになるといいね」

「さようですな」

庭師のお仕事は一年中あるんだって。大変だよね。おじいはえらい。

僕はでっかいジョウロの中を見た。

「お水あまった」

「おお、では残りは桶《おけ》へ入れてしまってください」

おじいがいつも引っぱってる台車には、お仕事用のお道具がいっぱいつんである。その中にお水が入ったでっかい桶もあって、おじいが柄杓でお水いれてくれたんだ。

「んあ。ここ？　いれちゃっていい？」

「はい、お願いします」

「はーい」

ウーッて背伸びして、台車のうえの桶にジョウロをかかげてナナメにする。うおー、お水ぜんぶ出ろー。

じゃっかん勘でお仕事をおえた僕がふぅ、とつま先立ちをやめると、ちょうど向こうからメイドたちがやってきた。見たことないメイドさんが多い。

「んあ、アラベルおねえ様だ」

それもそのはず。アラベルおねえ様の一団でした。庭園で会うのははじめてだ。

僕はジョウロをキティに持ってもらって、姿勢をただしてアラベルおねえ様を待った。

「ごきげんよう、フラン。庭園に来ていましたのね」

「ごきげんよう、アラベルおねえ様！　じいと水やりをがんばってましたっ」

ケープを羽織ったアラベルおねえ様は、僕とおじい、それから台車を見て、お目めをパチパチとした。

「フランは植物が好きだと、旦那《だんな》様から聞いていますわ。見るだけではなく、世話もしているのですか」

「んんと、はい！　お手伝いくらいですけども。今日は春に咲くお花にお水あげてました。あ、これ、このジョウロを使うんですっ」

「まぁ、それがジョウロ……あっ」

僕が持つにはでっかめのジョウロ。おとな用だもんね。持ってくれてたキティにはいいサイズかも。

アラベルおねえ様は、なぜかジョウロを見て、アッとした。それから扇子《せんす》を取り出すとお顔を隠す。

……なんでだろか？？？　僕ん家には貴族の女の人がいないから、扇子を使う理由がいまいちわかんない。まぶしいとかかな。

わかんないから、とりあえず扇子のお花柄を眺めとこうね。

「いまから準備をするのですか？　春のために冬のいまから行うとは、大変な作業ですのね。責任をもってやり遂げようとする姿が立派ですわ」

「んへへへへ」

ちょっとずつ扇子が下がってきて、いま、アラベルおねえ様のお鼻の真ん中あたりだ。ふしぎシステム。

けどまあお顔が隠れてても、褒められるとうれしいね！

うしろに控えたキティもお胸を張ってる気配があります。

ちょっと待ってるとアラベルおねえ様が、深呼吸をして扇子をパチンと閉じた。ちゃんと目が合う。

「フラン」

「はい」

「フランが花が好きなのが、よくわかりました。実は贈り物を用意していましたの。受け取ってほしいわ」

「贈り物ですか」

あわわ、なんかキンチョーしちゃう。だってアラベルおねえ様はお姫様だったし、ゲームでは正義の味方で、僕は敵だったもの。だから贈り物をする関係って思ってなくて、びっくりしたんだよ。

そわそわした気持ちで待ってると、うしろのほうにいたメイドが、植木鉢を抱えて持ってきた。枝は細いけど、元気そうな小さな葉っぱがいっぱいでフワフワしてる。

「ふわぁー……！　葉っぱかっこいいですね！」

「ジャカランダという花の苗木です。聞いたことはありまして？」

「んと、知らないです」

「暖かい国に咲く紫の雲のような花です。わたくしも三年前に外国の大使からいただいて、はじめて知りましたの。一度だけ咲いたのですがとても美しかったので、花が好きなフランへと、枝をわけて持ってきましたのよ」

「わあ！　そんな、そんなすごそうなお花……っい、いいのですかっ？」

外国のお花ってめちゃくちゃ高級なやつじゃないのかなっ？

ペロッともらっていいやつ⁉

「ええ。フランのために仕立てた鉢です。受け取ってちょうだい」

「んわああっ！　うれしいです！」

メイドからメイドへ渡される植木鉢を見ながら、ぴょんぴょんしちゃう。僕が、できるなら僕が直接もらいたかったけど、貴族なのでね！

よく見たら鉢自体にも彫刻がしてあって高そうだし、そのまま飾れちゃうくらいだ。

んああっオシャレ!!

ふわふわ揺れる葉っぱから目が離せないでいると、アラベルおねえ様が笑ってた。

「うふふ。喜んでもらえて、わたくしも嬉しいわ」

「アラベルおねえ様、ありがとうございます！　ジャカランタ……ジャカランダ、大切に育てますね！」

「ええ。フランなら任せても大丈夫だと、わたくし確信いたしました。きっと立派なお花が咲きますわ」

「ぅあい！」

僕が気合いをいれたお返事をすると、アラベルおねえ様はまた笑って、ゆったりと別館へ帰っていきました。

一団を見送って、いっかい鳥さんがちゅびちゅび鳴いたのを聞いたあと、僕はバッ！　ておじいを振り返った。

「じい！」

「ええ、まずは水やりですな」

「うむ！」

お花の基本はお水やり！
僕はキティからジョウロを受けとると、おじいにお水を注いでもらうのでした。

†お父様はだいたいいない

「お手紙かーこお」

ステファンお兄様たちの結婚式から、アラベルおねえ様のおひっこしがあって、パーティーも大成功して、そろそろ落ちついてくるかなぁ、って思ったあたりでお父様はすでにお仕事に行っていました。早い。ぜんぜんおうちにいない。いなさすぎる。

まぁ僕も？　前世は高校生だったから、泣いちゃうくらい寂しいってことはありませんし？

お父様どうしてるかなぁ、と思ったら、お手紙書くことができちゃうのだ。

メイドにお手紙セットをご用意してもらって、お部屋の机に向かう。窓から暖かい日差しがあたるし、いい感じに明るくて、本日はお手紙日和《びより》です！

「んっんー。なんて書こうかな～」

今日使う羽根ペンは、僕の手に合わせて小さいワシが落とした羽根。しぶいデザインだけど、ペン先がしっかりしてて書きやすいのだ。さいきんのお気に入りでよく使ってるよ。

ペン先にインクをつけて、便せんに『お父さまへ』。

「おげんき、ですか。パーティーのあとに、すぐにいなくて、びっくりしま、した。んー……あ、アラベル、おねえ様、から、お花をいただいて、すごくうれしかったです。ジャカランダというむらさきのお花です。咲いたらお父様といっしょに……ブァー」

ノリノリで書き始めたところで、ペン先がくにゃってなっちゃった。

「ペンナイフどこだっけ」

お手紙セットが置かれたトレイには、ペンナイフは入ってない。あぶないから引き出しにしまってるんだよ。ペンの先をシュってするのはムズいから、切るのはメイドにやってもらうんだけどペンナイフは僕が探さないと。

とりあえず机の引き出しを片っぱしから開けようとしたら、机の上をゴモリ……ゴモリ……と動くものがあった。

「ぱ……!?」

動いていたのは、半透明のあのゴンブトムシだ。別棟の倉庫でみつけて、窓から帰ってったはずの大きめゴンブトムシ。

ゴンブトムシはツノと頭の境目、ちょうど物が収まるような凹《へこ》みに、ペンナイフをのっけていた。のしのしと僕のまえまで来ると、コトン……てペンナイフを置いてくれた。

「は……運んできてくれたの?」

思わず聞いたら、ゴンブトムシは数歩うしろに下がって、ツノをモキモキさせた。お届け物でーすってゆってるみたい。

「んふふ。ありがとう。ペンのさきっぽキレイにできるよ」

「ぼっちゃま?　いかがなさいましたか」

「えあっ」

控えてたメイドがふしぎそうに聞いてきた。それはそう。ぬぬぬぅ……ゴンブトムシのこと、どう説明したらいいだろか。ここにいるってはゆえるけど、このゴンブトムシが僕のお知り合いっぽいゴンブトムシだって説明することになると、別館での出会いのことをお話しすることに……？　まずい。

そうなると、僕のおしのびまでイモヅル式にぜんぶバレる。

「な、なんでもないよ。あのね、ペンがくにゃってしたから、削ってください」

「まあっ、気づかずに申し訳ございませんでした。かしこまりました」

羽根ペンとナイフを渡すと、メイドがきれいに削ってくれる。その間にチラッと机を見たら、ゴンブトムシはいなかった。

消えた……！　さすが魔法が上手な虫ナンバーワン（僕調べ）。

「ぼっちゃま。お待たせいたしました」

「ありがと！　ええと、一緒にお花見しましょう、ね……、それから——」

もちもち書いて、完成したお手紙を封筒にイン！　あとはスタンプするだけです。

「んあ」

お手紙セットから道具をさがそうとしたら、またゴンブトムシがいた。ゴンブトムシが封蝋スタンプのハンドルをお背中にのせて、のしのしと運んできてくれてたの。我が家は貴族だから、ハンドル部分が宝石でできてて まぁまぁ重いのに、ものともしない。

「ふへあー重いのもいけるんだねぇ。力持ちだねぇ」

「そうでございましょうか……？」

お隣でロウを溶かしてくれてたメイドが首をかしげた。……あっ、もしやゴンブトムシのこと見えてないのでは？

机とメイドを見比べたらかみ合ってないことがわかりました。やっぱり見えてないみたい。

あれかな。魔力がどうにかなってて、僕にだけよく見えるタイプなのかな。この子はふつうのゴンブトムシより大きいから特別なのかも。

お手伝いしてくれたゴンブトムシにこっそりとお礼をつたえて、僕は封蝋にスタンプをぎゅむんとした。

「できた！」

ててーん！

完成したお手紙をかかげて見る。うむうむ、なかなかぶ厚いのができたな。なにせいっぱい書いたからね！

満足したので、メイドにお渡しする。お父様のところにはどれくらいで着くかなぁ。そもそもどこにいるんだろか。

早く読んでもらいたいなって思いながら、窓枠に止まってる虹色のゴンブトムシを眺めるのでした。

閑話　騎士の人たち

Akuyaku no Goreisoku no Doudemoii Nichijo

「トリアイナ閣下《かっか》だ……！」

「城に戻っていらしたのか」

「拝見できるとは幸運だな……っ」

帝国一と称されるその男は、城内を歩くだけで、周りの者たちの視線を集める。恵まれた体格に鍛え上げられた筋肉、生まれの良さから来る自信と内包される強さが、騎士たちにはある種のオーラとなって見えるのだ。

敬礼をしながら廊下の端に立つ騎士らの前を、大股で歩くトリアイナ公爵。その横にはこちらも体格の良い部下が、書類を片手に必死で説得していた。

「ですから閣下。つぎの戦では、かの騎士団に経験を積ませたく考えております。閣下が出てはあやつらの実戦経験として」

「うむ！　では後半に着けばよいな！」

「聞いておられましたか？　後始末も含めての経験ですので。彼らの実力は十分。閣下がお出になるほどでは」

二人は前を見たまま視線を合わせないが、それも慣れているのかずんずんと執務室に進んでいく。かなりの速度ではあるが、両人が大柄なためにゆったりとした動きに見えた。遠巻きにしている騎士らは何を話しているのかと興味はあるが、内容がわかる前に遠くなるのでいつも憧れで背を見ることしかできない。

「なんのお話だろう。戦ならば、私もお供したい」

「このまえのゾンビミノタウロス討伐の話は痺《しび》れたな」

「一目でいいから剣技を見てみたいよな」

廊下の真ん中を堂々と歩く公爵を止められる者は、そう多くはない。そのうちの一人が、執務室の前にいた。

「ああ。城内にいましたか」

「うむ！　顔色がいいな！」

この国の宰相であるトリシューラ公爵だ。忙しい身であるはずだが、宰相はふらりと寄ったという風に手ぶらである。

「ありがとうございます。ところでペタソスのことは聞きましたか？　マンドラゴラを求めたバジリスクが大量発生して鉱山のようになっていると」

「バジリスクか！　繁殖期だな！」

「ええ。おかげで元気に増えているそうですよ、被害が」

「ペタソスだな！」

「はい」

「行ってくる！　イオビア！　頼んだぞ！」

「はい、閣下」

直前まで来たというのに、執務室に入らず、トリアイナ公爵は軍馬基地のほうへ早足で進んでいってしまった。歩いているにもかかわらず風圧を感じる。イオビアと呼ばれた公爵の右腕は、まぶしそうにその背を見送ったあと、おなじく見送っていた宰相へ頭を下げた。

「宰相閣下、ありがとうございました」

「いいえ。マンドラゴラとバジリスクの毒で荒れた地は、トリアイナの火力で以《もっ》て制するのが合理的と判断しただけです」

宰相はそう言うが、イオビアは本当の目的を理解していた。帝国とは、誰《だれ》かひとりが強いだけではならない。軍人全てが強くなることで強国として在れるのだ。イオビアと宰相の目的は同じであったのだ。ただひとつ。いや、ひとつどころではなく、気がかりが残っていることも共通して理解し合っていた。

「……宰相、明後日《あさって》の議会は」

「…………ささいなことですね」

ふう、と息をつくと、宰相は「それでは。本当に頼みましたよ」と言って、来たときとは打って変わった早足で帰っていった。

右腕とされるイオビアも執務室へ入った。敬愛してやまない上司が戻るまでに、自分が整えられることをしようと部屋を見回すと、待機の騎士らの生温かい視線が集まっていた。

「なんだ」

「閣下を引き止められなかったのか……」

「まぁ無理だよ。落ちこむなよイオビア」

同僚が慰めてくれるが、自分ひとりで止められなかったのは少しくやしい。けれどそれ以上に、人を助けるために、まるでドラゴンのように飛び立った閣下に対しての尊敬が募っていく。

「宰相閣下が助けてくださった。いまはペタソスに向かわれたよ」

平和のために。誇らしい気持ちで告げていると、執務室がノックされた。

「閣下はおいででしょうか！」

「ああ……ほんの少し前に出ていかれました、城を」

入ってきたのは伝令の騎士だ。身なりと胸元の紋章から少将についている騎士だとわかる。

「どちらへおいででしょうか。少将からの言伝があります。急げば間に合うかもしれません！」

間に合うと？　イオビアが眉を片方だけ上げて見ると、騎士も眉間に力が入った。

「…………」

「…………」

「無理だと本音ではわかってるよね」

「はい」

着任したばかりの中堅といった風情の騎士は、イオビアの言葉に神妙に頷《うなず》いた。お互い、間に合わないと承知の上でのやりとりだった。

「……方向だけ教えてください。一応、馬で追ったという記録だけでもつけなくてはなりません」

「わかった。先のペタソス戦で、荒れ地にマンドラゴラが大量に発生したのを知っているか？　あれを食べるためか、バジリスクがペタソスに集まってきていると報告があった。閣下はそこだ」

「ペタソスに行かれたのですかっ？　先日は西の国境にいたと伺いましたがっ？」

「いまはペタソスだ」

一昨日《おととい》まではたしかに国境にいた。そして今朝方帰ったが、今はもう城にはいない。

「クーッ……さすが閣下だ」

伝令騎士が拳を握り、堪《こら》えられないように声を漏《も》らした。ザッと顔をあげると胸に拳を置き、覚悟の表情でイオビアを見つめ返す。

「わかりました。決して追いつけはしないでしょうが、私はペタソスへ参ります！」

「追いつく頃にはほかへ行っているかもしれないぞ」

「そうであっても！　行かずにはおれません！」

では！　と敬礼をして執務室を飛び出していく騎士。

羨ましいという気持ちをなんとか隠し、書類を机へ運ぼうとしたイオビアのまえに、同僚ふたりが立ち塞がった。

「我々も行くか！」

「お手伝いが必要かもしれぬからな！」

「なっ、ずるいぞ！　それなら私が一番に駆けつける！」

そうして書類を押しつけ合い、右腕たるイオビアは執務室から駆け出したのだった。

第3章 お船の博覧会

Akuyaku no Goreisoku no Dounikashitai Nichijo

†ハンバーガーは前世の食べ物

アラベルおねえ様のパーティーがおわって数日後。

おうち全体が落ちついた、いや、油断してるのを察知した僕は、街におしのびに来ていました。

公園のベンチに座って、屋台でお買い物をしてるトレーズくんをふたりで眺めてるよ。そう、ひとりじゃない。もうひとりいる。

たまたま公園で会って、おとなり同士で座ることになったのは。

「あっくん、魔法のちょうし……どう？」

「魔法でござるか？」

勇者あっくんです！

公園についたとき偶然あっくんも来てて、僕クセで「あ、あっくんじゃん。こんにちはー！」って手ぇ振ってたの。うっかり。勇者は将来、わるい貴族になった僕をボッコボコにするってゆうのに……。なんかもうね、おともだちの感覚になってた。ほんとうにうっかり。

でもやっぱり勇者のあっくん。やさしくてすごくいい子だから、お話しするのは僕も好きなんだ。

なので、今日はもうあれ。あきらめておともだちとしてお話ししようね。

ということでの、「最近どう?」なのだ。

「ドゥフッフッフ。よく聞いてくれました!」

「ふぁ!?」

あっくんがシュバッて僕を見た。ツンツンした頭をさらにツンツンさせて、お顔をつやつやに輝かせてる。ヌヌヌッ、調子いい人の反応だ。

「アルネカ氏の指導を受けてそれはもうサクサクと! もうカンストするのではと! 新ステージいったのでは? というくらい上手になりましたぞ! ラストダンジョンの敵ならワンパンできるかもでござる!」

「ぶへぇぇ……っよ、よかったねぇ……」

おともだちの感じで~と思ったけどダメだ。まだだいぶこわい! ラストダンジョンの敵ワンパンってそんな。じゃあ中ボスの僕なんてワンパンどころじゃないじゃん! こんにちは、のごあいさつで吹き飛ぶ可能性すらあるよ!

(しかし魔法がじょうずになるのがうれしいのもわかる……!)

立ち上がったあっくんが「わん! ぱん! ヒューッ」ってゆいながら回転ジャンプしてて、僕は複雑な気持ちがまえに出たギコい拍手でお祝いした。

「あ、そういえば、新魔法も開発できまして! 見るでござる? 見るでござる?」

「えっえっ」

「やめとけ。逮捕されるぞ」

あっくんの体の中で魔力が巡り始めるのが見えて、冷や汗がじんわりしてきたとき、トレーズくんが帰ってきてくれた。

シュウウウン……と消えてく魔力にホッとする。

「はふう。魔法って使ったらタイホされちゃうの？」

「え、そうなのでござる？」

「ええ……おまえら、知らないで魔法使ってたのかよ。困惑するわ」

「拙者《せっしゃ》、おうち改造しまくってるでござる……タイホこわいでござる……」

「か、改造してるの」

「やってんな」

「ぐぅぅ……っ」

「でもアーサーは城から許可書もらったんだろ。家で使う分にはいいんじゃね？」

「ハ！　そうでござった！」

そっか。あっくんは勇者だから、貴族じゃなくても魔法使って平気なのか。ふむふむ……あっくん、公式で勇者ってなってるのかぁ……。

「まあほら、食えよ」

トレーズくんは串焼きをかじりながら、僕たちにはパンが入った袋をくれた。

「わーい。パン！」

「甘パンですな～！」

トレーズくんにお礼をゆって、袋の中のパンを見比べる。むむむ。きっと麦まる出しの堅パンは僕用で、蜜《みつ》がかかってる細長パンはあっくん用だと思う。しかし……。

僕と頭をくっくけて袋を覗いてるあっくんも、僕と似た表情をなさっておいでであった。

（よし……！）

「あっくん、よかったら僕のとはんぶんこしよっ」

「しようしようでござる！」

やったぁ！

僕たちはお顔を見合わせてニコッとして、それぞれひとつずつパンを取った。僕は麦パン、あっくんは蜜パン。慎重にンギィ……ッてちぎって、はいどうぞ！

「んん～！　蜜が濃厚ぅーおいしっ」

「オホーッ、麦麦しいパンですなぁ。おいしいでござる！」

蜜パンの蜜はたぶん森でとれたハチミツだ。野生の香りがするけど、そのぶん香ばしい小麦の香りを引き立ててる。甘いし、おいしい！　あっくんも、堅パンの麦がプチプチした感触がおいしいって。

わかる、そうなの！

おともだちと一緒の食べ物を食べるのってたのしいね！

「あっ、トレーズくんもひとくちどうぞ！」

「拙者のも食べてほしいでござる。おいしいですぞっ」

「お、おう」

僕の左に座ったトレーズくんに、というはんぶんこにした堅パンをグイって差し出したら、あっくんも蜜パンをニュッてしてくれたよ。

串焼き肉食べてたトレーズくんは戸惑ったあと、僕たちのパンをちょっとずつ、ひとくちだけかじってくれた。

「……うまいな」

「ねー！　どっちもお肉にあうと思う」

「ハンバーガーみたいでござろ！」

「わか」

「ハンバーガー？」

あぶなーい!!

わかる～ってゆいそうになっちゃった！　あっくんにも、誰《だれ》にも、僕が前世の記憶があることは言ってない。へ……へんに思われるもん。

お口をワカのかたちで止めたまま、僕もトレーズくんと同じようにじわじわと、なあにそれ？　のお顔に変えてくね。ギリアウトかもだが、まだ気づかれてないに賭ける……！

「ハンバーガーはお肉をパンで挟んだもので、えー……なんかおいしいでござる！」

「おう。じゃあオレの肉いっこやるから挟んで食え」

「いいのでござる？　ありがとうですぞー！」

あっくんはハンバーガーの説明を忘れたようです。よしよし。

安心して堅パンを引きちぎってると、あっくんが僕をじっと見てるのに気づいた。ひえ……っもしかして、ぜんぜんごまかせてなかった……!?

「フランどの。胸に甲虫つけてるでござるか」

「え!!」

あっくんの言葉にハッとしてお胸を見たら、トレーズくんが着せてくれたローブのすきま。そこからニョッキリと、力づよいゴンブトムシの頭と角が……！

「アレ、この子……んあー、ついてきたの」

「きれいな色ですなー」

「ねーっ。かっこいい」

「あん？　オレには見えねぇ。どこだ？」

「えっ」

トレーズくんは僕の串焼きをもぎもぎにしながらうなずいた。ぜんぜん見えてないって。

「トレーズどのに見えてないなら、魔法を使う甲虫なのでしょうなぁ。拙者が生まれた村も森があって虫は多かったけど、村人たちは拙者の半分ぐらいの虫しか見えてなかったでござる」

「ふつうの人族は魔力ねーもんな。特殊な虫は見えなかったんだろ」

「ふはぁーだからかぁ。僕のおうちのメイドも、この子のこと見えてないときあったよ」

なるほどなーって納得したら、トレーズくんが「ああ」って声を漏らした。

「フランの家のメイドたちは貴族出身もいるから、庶民と違って魔法が使えるもんな。……けどそもそも見えねーんじゃなくて、虫が魔法を使って見えなくなってるなら、アーサーとフランに見えてるのはおかしくね？」

「ぷあ！」

「たしかに。なんで拙者とフランどのは見えてるのでござろ……拙者たちになにか共通点がある……？」

あっくんが腕をくんで考えだした。

僕とあっくんの共通点、あっくんは知らないけど僕は心当たりがある。

（ぜ、前世を覚えてることが関係してるのかな……!?）

なんてお話しすればいいっ？　悪役じゃないようにがんばろうと思っておりますとか。あ、でも前世を知ってるから、効率的に世界征服しようとしてるって思われるかも！　なんか悪役ってだいたい頭いいもん、僕もそうだって思われ――。

「あ、おい。こいつか？　金色の」

「そうですぞ！　見えてよかったでござる。ひとりだけ見えないのはさみしいですからな」

「ふは。気ぃつかってんなよ。でもありがとな」

あばばばってなってたら、トレーズくんとあっくんが僕のお胸見てほのぼのしてた。あっくん、そんなに真剣に考えてなかったみたい。よかった。

「金色でかっこいいよね！　僕のおうちでみつけたんだけど、逃げてったりしないんだよ。あ、でも今日はお外だから、このまま行っちゃえるかな」

「いや、フランどの。足ががっちり布をつかんでるでござる。かなり安定してるでござる」

「フランのとこが落ちつくのか、そうじゃなきゃ仲間を待ってるとかじゃねえか」

「あ！　そうか、おともだちを……！」

その可能性を考えてなかった！　そうか、僕のおうちでおともだち待ってるのかも……別棟でもひとりだったもんね。

「ゴンブトムシ、おともだち来るといいね」

なんだか切なくなってなでようとしたら、ス！　と消えた。透明化するスピードがいままでいちばんはやかった。

「……ち……ちがったかも」

「いやいや、ツンデレかもですぞ！」

「相手は虫だからたまたまだ。ほら、パンちぎってやろうな」

ちょっとお顔が赤くなった僕を、トレーズくんとあっくんが慰めてくれるのでした。

†お船の博覧会に出発！

おうちにあるすごくでっかい馬車のひとつ。馬六頭で引くすごいやつで、車内が広くてぜんぜん揺れない高級な馬車。

あんまり稼働することはないけど、なんと僕、乗車中です！

「ふあーっ、お山のぼってる！」

「フラン！　酔ってはいないか！」

「はい！　たのしいです！」

帝都からもギリギリ見えるでっかい山。

日常の中で見てたは見てたけど、背景的なあつかいと思ったから、まさかのぼれるなんて思わなかった。実際にのぼったら、こんなに大きくてこんなに急坂だなんて……すっごいたのしい！

僕たちは山頂にある基地に向かってるんだよ。エラい人が特別な研究をするために、外国にバレないようにわざわざ山のうえでこっそりお仕事してるんだって。

その基地で海軍がやるお船の博覧会があるそうで、お父様とステファンお兄様がお呼ばれしてたところ、僕があまりにもヒマそうにしてたら、セブランお兄様とセットで付き添うことになったの。ソファに挟まっててよかった。

馬車はお父様とステファンお兄様が並んで、お向かい側、進行方向にお背中を向けるように僕とセブランお兄様が座ってる。

「ぶおー」

さらに急な登り坂になって、馬車がものすごくナナメになった。

シートベルトなんてない乗り物だから、僕は鉄棒で前回りするように前屈《かが》みになっちゃう。お背中はもうおイスについてない。

「セブランお兄様みてくださいっ、僕すごくナナメんひゅひゅひゅひゅ！」

「フ、フラン、あぶないから掴《つか》まって」

ドアにつかまってるけど、足がね、床についてなかったもので。馬車がちょっとガタンとしたから、そのままコローンだ。

「ハバー！」

広い馬車の中で、いっかい無重力を感じる僕。セブランお兄様の「あっ」てびっくりしたお顔が見えて、ほんで気づいたらステファンお兄様のお膝のうえにいた。奇跡みたい。

「うむ。掴まりきれなかったな。しばらく登り坂が続くから、ここにいなさい」

「はい！　んあーこっちもナナメですねっ」

ステファンお兄様と向かい合うように座ったけど、こっちもうしろにのけぞるみたいにナナメになってる。自然と体重がかかっちゃうなぁ……お兄様にグムューって密着するのはしかたないよね！

ステファンお兄様の抱っこが気持ちいいから、このままおでこを押しつけておこう。んふふ。

「セブランも来るか！」

「だっ……、大丈夫です、お父様」

「うむ！　父の膝はいつでもあいているからな！」

お父様がお膝をパンパンしてたよ。

山をグイグイのぼって、休憩も何度かして、ちょうど夕日が沈むころにやっと山頂に着きました。

「噴火の跡にできた湖、ナエユ湖だ」

「ファー……」

セブランお兄様に手を引いてもらって馬車をおりると、目のまえに大きな湖がひろがっている、そうです。暗くてよくわかんない。お水のちゃぷちゃぷ音は聞こえてる。

大昔に火山が噴火して、へこんだところにお水がたまったんだって。アスカロンはここをずっと住めるくらいの基地にしてるらしい。湖のまわりにはゴツめのお屋敷、いや兵舎……う〜ん、中間くらいの建物がたくさん建ってて、お店屋さんぽいのも何軒かあるから、基地っていうより街ですな。

「うむ。騎士も魔法使いも、よく集まったな！」

「ええ。此度《こたび》の会では、新たな入港方法なども見られるようですよ」

「うむ！」

お父様とステファンお兄様は、湖を見て満足そうにうなずいた。

（ぬぬん？）

僕も目を凝らすけど、夜のせいで湖は真っ暗だし、お船もあるみたいだけど、ランプの明かりしかわかんない。真っ暗な湖にオレンジの光だけがいっぱい浮いてて、でも思ったよりも上のほうで光ってるから、お船の形があんまりじょうずに想像できないの。お船の灯《あか》りっていうよりも他のみたい。

あの、んー、たとえばねぇ。

（ヒトダマ）

……あ!?　なにそれコワイ！　じぶんで思い浮かべたけど、だめだ、想像したらどんどんこわくなってきちゃう。うぐぐ、墓穴をほった……あっ墓穴もこわいな!?

こわいのを自ら増してくスタイルになった僕は、セブランお兄様のお手てに両手でしがみついた。

「うん？」

「………くらくて、こわいです」

「ああ。もう日が暮れてしまったものね。父様、フランは館で休ませてもよいでしょうか」

「うむ！　飯を食い、すぐに寝よ！　疲れを残してはならんぞ。ゆっくり休め！」

「水辺の風は冷たい。暖かくして休みなさい」

セブランお兄様と僕は、ひと足お先にお泊りする館《ホテル》に向かうのでした。


山のうえの、さらに丘のうえにある街でいちばん大きいホテル。

騎士や兵士の住む街だけど、ホテルは貴族が住んでてもおかしくない豪華な内装と明るさだった。

わりあてられたお部屋も広いし、ゆっくりできる感じ。ベッドもふかふかだ。

僕はパジャマに着替えたもののまだあの、アレなので、セブランお兄様にいてもらってます。キティにあったかいハーブティーをいれてもらって、セブランお兄様にも飲んでもらってるよ。

湖が眺められるいいお部屋だけど、夜はやっぱり船も湖も見えなくて灯りだけがわかる。でも距離があるからこわくない気がする。なんだったらキレイに思えてきたくらいだ。

「セブランお兄様。あの光がぜんぶお船なのですか」

「ああ、そうだよ。……そうか、船同士の境目がわからなくて、怖く思ったんだね」

「ふぃ……。あと、博覧会っていう、お祭りを想像してたせいもあります」

僕、前世の博覧会のイメージで来てしまってたのです。メインステージがあって、司会者とかいて、まわりにはおもしろいお店屋さんのブースも出てるようなの。

騎士や魔法使いだらけな真面目な会とは、想像してなかったのです。

「ふふ、まちがってはいないよ。海軍たちも会期中は港を祭りのようにしているはず。お酒を飲んだり、友や仕事仲間と語らったりするためにね」

セブランお兄様が窓のお外を見る。憧《あこが》れてるようなお顔の気がしたよ。

(僕が子どもだから、セブランお兄様はオモリ役で遊びに行けないのかも)

「んんん。セブランお兄様も行きたいですよね。僕、もう寝ちゃうから、行ってきてください」

「ボクもまだ騎士見習いだ。博覧会をひとりで回れる実力がないよ」

「そうなのですか……？」

僕に気を使ってゆってませんか……？

申し訳ない気持ちで見たら、お兄様が僕のティーカップをそっと置いて、かわりに手を包むように握ってくれた。きれいな目が僕を見て微笑《ほほえ》む。

「そうなんだ。明日になったら、父様かステファン兄様についていっしょに見学しよう。ボクもフランと回れるのを楽しみにしているのだよ」

「っ、ふぁい！　僕もたのしみですっ」

ね、とされて元気出た！

僕は何度も何度もうなずいて、それからじゃあはやく寝ないとって思った。明日は元気に起きるためにも、僕はベッドに潜りこむことにしたのでした。

†生きていた脱出計画（ひんし）

「んあー！　かっこいいー！」

　朝起きてお部屋のカーテンを開けたら港にたくさんの船。泊まってるホテルが丘のうえだから、見下ろす感じにお船が見えてとってもかっこいい！　なにこれすごい。想像よりお船はいっぱいある。帆に帝国のマークがついてるのもおしゃれ！

　僕は急いでお着替えして、セブランお兄様のお部屋へごあいさつに行くことにした。

　お船の感動を早くお伝えしたくて、廊下を歩くのもちょっと速くなっちゃう。うおおお、セブランお兄様ぁー！

　お部屋におじゃますると、ちょうどお着替えをしてたお兄様が僕をお迎えしてくれた。

「セブランお兄様！　セブランお兄様、おはようございますっ」

「おはよう、フラン。部屋から外は見えた？」

「はい！　とてもかっこいいですっ。お兄様も見ましたかっ？」

「うん。ここからもよく見えるよ。父様たちがお仕事をなさっている様子も見られるし……朝食はここで食べようか」

「ンアーッお父様たちも見えちゃうのですか⁉　それは、それは見たいですっ、ごはんココでしたいです！」

　ホテルはテラスが広くて、テーブルやおイスもご用意されてる。湖もよく見えて、景色もいい。ここでごはん食べてください、のテラスなんだね！

冬だからお外は寒いかなぁと思ったけど、意外とあったかかった。膝掛けかければ、ぜんぜん耐えられちゃう。

ここはグルーと丘に囲まれてて、凹《へこ》んだ真ん中に湖があるのがわかる。丘といっても、全体的には山だから太陽も雲も近い気がする。……あ、もしかしてあったかいのは、お日様が近いからかなぁ。

「セブランお兄様。お外があったかいですね」

「うん。この湖は元火山で、まだ精霊のご加護があるのか、季節を問わずに一年中このくらいの気温だそうだよ。とても過ごしやすい駐屯地《ちゅうとんち》と言われているんだ」

「ふはぁーなるほどぉ」

たしかに少しだけ熱めのスープを飲んだら、春の気持ちになっちゃうくらいだ。景色もいいし、風があんまりなくて気候もいいし、前世ならリゾートホテルになってそう。

ホテルの朝食はたくさんのフワフワパンとお肉とスープだった。デザートもついてて豪華！　だけど……。

「ぐぬぅ……む、むうぅ………」

「ああ、フランには香りが強すぎるかな。山で狩った猪の肉だそうだから」

セブランお兄様が優雅な手つきでステーキを切りながら苦笑した。そうなのだ。お肉苦手で定評のある僕ですが、シェフとがんばって、ちょっとずつなら食べれるようになってきてる。けど、それをはるかに上回る野生の香り。野生っていうか、魔力の香りらしいんだけど、なんてゆうのかな。土。

土の香りなの。

（ぬぅぅぅ、このお肉は、すごい……！）

強敵だ。

スープでなんとか飲みこもうとするも、スープの出汁《だし》もなかなか。ホホーッ野生ィ！　お山ってワイルドだね！

シブいお顔でお肉をモッチ……モッチ……て噛《か》んでたら、セブランお兄様がパンをくれた。んふぅ、小麦のパンおいしい。相殺はできないけど、ありがたいです。

「フラン。景色も楽しんでみよう。ほら、あそこにステファンお兄様がいるよ」

「ぉぐ……ス、ステファンお兄様……」

ステファンお兄様は見たい！

かためのお肉を奥歯でこなしつつ、テラスから湖に視線を向けた。まだ朝なのに船員さんとか魔法使いとか、騎士とか、いろんな人がお仕事してる。今日はなんかすごい発表会があるらしいから、準備してるのかも。

（おっきい湖だぁ）

港にしてるところも広くて、お父様やステファンお兄様をみつけるのむずい。あ、や、お父様はすぐわかった。大きいから。でもなんかエラい人とおうちに入っちゃって見えなくなったの。

んー……と考えて、セブランお兄様の見てるほうを探すことにしたら、騎士たちの集団が見えた。

そんでその先頭に、ステファンお兄様のキラキラな髪を発見！

「んあ！　見えましたっ」

黒いお船のまえでなんかやってる。

ステファンお兄様は部下に指示を出して、騎士たちがしきりに行ったり来たりしてるし、魔法使いもつぎつぎにごあいさつに来てた。ステファンお兄様はキリッとした立ち姿で、ここからでも頼れる感じが伝わってくる。

お肉の香りも忘れてステファンお兄様にみとれてると、セブランお兄様もハァとため息をついた。

「ステファン兄様は格好いいね」

「はい！」

間違いないです！

僕はごくんとお肉を飲みこんで、大きな声でお返事したのでした。


朝食のあと、お外用のお洋服に着替えた僕とセブランお兄様は、ついに港にやってきていた。

ホテルから歩いて丘をおりたんだけど、お父様はみつけれたよ。お父様は目立つからね！

「お父様ぁー！」

お兄様とお手てを繋《つな》いだまま片っぽの手をぷいぷいすると、お父様も僕たちに気づいてうむ！　っとしてくれた。

うれしくなって早歩きでお父様に近づく。まわりの騎士たちも気を使ってちょっと遠くに行ってくれました。

「フラン、セブラン！　おはよう！」

「父様。おはようございます」

「お父様おはようございますっ、おはようございます！　お船、お船がいっぱいですごくかっこいいですねっ」

「うむ、我が帝国を護《まも》る船だ。じいさまの船もあるぞ！」

「おじい様の……！」

「あのいちばん大きな帆船《はんせん》ですね」

「うむ！」

湖にはたくさんのお船があって、その中でもいちばん帆が大きいのが、おじい様のとこで造ったお船らしい。黒くて鉄っぽくゴツゴツだ。

ひゃーかっこいい！　興奮して足が勝手にズムズムしちゃう！

風に少し揺れる帆がまたおしゃれなの。すごいなーってしてると、まわりの騎士さんもうんうんってしてくれた。ね！　かっこいいよね！

「父上。こちらにいましたか。セブランとフランも、おはよう」

人が集まってるところから、ステファンお兄様が歩いてきた。手に書類を持ってて、なんかお仕事してたっぽい。ステファンお兄様は、ごあいさつついでに僕の頭をポンとしてくれた。んへへ。ジャストフィット。

「ステファン！　これから皆で船を見て回るぞ！」

「残念ですが、無理です。父上と私は仕事があるでしょう」

「ない！」

「あります。既に激励のスピーチと、海軍将校との面会の仕事がふたつ増えました。調整が必要ですから、打ち合わせに参りましょう」

「ぬぅ。朝から仕事ができてしまったか」

ステファンお兄様が冷静。

みんなでお船の博覧会を見て回りたかったけど、しかたないね。そもそもお父様たちにお仕事があるから来れたんだもの。

ぷすんとお鼻から空気出してたら、ステファンお兄様が頭に置いたお手てでなでてくれた。そのあとセブランお兄様の肩もポンとする。

「セブラン。当家の名を出せば、騎士をつけて船内へ入れるようになっている。折角の機会だからゆっくり見てきなさい」

「あ、ありがとうございますっ」

「んあああっ、お船の中に入れるのですか!?」

「うん。うれしいね」

「はい！」

ホヒャー！　これはすごい、すごいぞ！　おじい様のお船にものれちゃうかなっ？　運転、運転もできるかもだ！

　期待に足をバタバタさせたら、セブランお兄様が笑ってた。

「セブラン頼んだぞ！　フランは適度に休み、ランチは抜くでない！」

「はい、父様」

「ぅあい！」

　お父様につよめにお返事して、お仕事に向かうのをお見送りする。港に立ってお父様たちを見送るって、なんだか騎士になった気持ちだ。敬礼しようかなと思ったら、もう本場の騎士の皆さんがピッて敬礼しててかっこよかった。反応の速さがすごい。年季が違う。

「よし、フラン。見てこようか」

「はい！　たのしみです！」

　ふたたびセブランお兄様に手を引いてもらって歩きだす。

　湖なのに海みたいにしっかりした港で、舗装もしっかり。落ちないようにロープも張ってあるから、僕がうろうろしても大丈夫なんだけど、セブランお兄様は水辺側を歩いてくれた。僕があまりにウッキウキで、歩くよりスキップしてるせいもある。でもワクワクが止まらないのだ！

　付き添ってくれてる護衛の騎士が、これはどこの船で、これは誰の船、みたいなことを教えてくれた。セブランお兄様は真剣に聞いてて、僕もうんうんしてるけど、ほんとはぜんぜん聞けてない。

だってお船動いてるんだもん！　博覧会みたいなのって聞いてたからただ浮かべてるだけと思ってたのに、ちゃんと動いてるのだ！

「ふはぁーんあぁー……！」

「フラン。そちらに歩いては湖に落ちてしまうよ」

お兄様がやさしく進路を直してくれるけど、お船が、お船が魅力的すぎて。

がんばって落ちつこうとして歩くけど、すぐ跳ね気味になって、ハッとしてゆっくり歩くを交互にやっちゃった。案内の騎士さんは見逃してくれたけど、お仕事中の船員さんたちには微笑ましそうに見られてしまった……恥ずい。

途中でふたり乗りのちっちゃいボートにのらせてもらったり、大きめのお船に足を置かせてもらったりして、そうしてついに、黒くて大きくてここでいちばんかっこいいお船のまえに到着してしまった。

「これが、おじい様のお船……!!」

「迫力があるね」

「はいっ」

「セブラン様、中へどうぞ」

「ありがとう」

騎士の案内で、お船にのる用の板に行こうとしたら、護衛のおじさんが僕のまえにそっと出てきた。

「ぼっちゃま。こちらは軍艦でございますから、ぼっちゃまはここまで、と言いつけられております」

「ぶぉぉぉ」

「……そうか」

セブランお兄様もアッとなって立ち止まった。

いままでのは大砲をつんでないお船だったから、僕も中に入れたらしい。でもおじい様のはガチのやつだからダメだって。

「……まあでも、ココからでもたのしいです！」

僕はセブランお兄様からお手てを離して、オトナのお顔をしてみせた。

(ほんとは、僕も行きたいけど……)

僕がワガママしたら行けるかもしれない。だけどそんなんしたら騎士の人たちが困るし、騒ぎになったらセブランお兄様ものらないってなりそう。セブランお兄様だってお船をたのしみにしてるのにだ。

のりたい気持ちはたくさんあるけど、騎士さんや大好きなお兄様を困らせるのはやだ。

(僕、ガマンできる！)

僕はスタスタとお兄様から離れ、キティのおとなりに行った。キティのお手てをぎゅっと握って、きりっとして行かないの意思を見せる。

セブランお兄様は眉を下げてこちらまでもどってくると、僕のほっぺを両手でつつんでくれた。

「フラン。ボクは奥へ行ってくるけれど、疲れたら休憩していてね」

「はい！　僕、待てますので、ゆっくりいってらっしゃいませ！」

「ありがとう」

おでこにちゅうしてもらえました！

ちょっとキティのお手てを強めに握っちゃってるけど、笑顔でセブランお兄様を見送れたよ。

お船をお外から見ることになった僕は、近くにカフェがあるってゆうので、そっちでお兄様を待つことにしました。

湖から数メートルのところのカフェはテラスのお席があって、座りながらおじい様のお船を見学できるっていう最高のカフェだった。

おじい様のお船は大きいけど、デザインがいかつい。つよいぞ！　誰も勝てないぞ！　って感じで、うしろを通るちっちゃいお船がかわいく見えちゃうくらいだ。

「じゅんようかん、こうさくかん、……あとなんだっけ」

「補給艦でございますね」

「ほきゅうかん」

お船にもいろんな種類があるそうです。湖に運ばれてきてるのは、攻撃メインじゃなくて戦のお手伝いをするお船が多いんだって。

「おじい様のお船も、ご領地のお船とちがうんだよね」

「さようでございますね。こちらにあるのは巡洋艦を小型にしたものだそうです」

「遠くに行けるやつ？」

「はい。小型だけれど、耐久性が高い船ですよ」

「ほむ」

キティに紅茶をいれてもらいながら、のんびりと湖を眺める。

おもてむきは。

お船はかっこよくて大好き！　だけど、それ以上に僕にとって大事な乗り物になるかもなのだ。そう、いつか帝国が勇者にボッコボコにされる日がきたらお船にのって逃げるという計画は、まだまだ進行中なのです！

いくつかお船にのらせてもらったけど、操縦室は見せてもらえなかった。ふたり乗りのボートだって、オールがあったのに使わなかったし。

テンションあがりつつも、ギリギリの理性で動かし方を船員さんにさり気なく聞いてみたら、帝国のお船は魔法で動いてるのがわかりました。

（僕の魔力でなんとかなるかなぁ）

お父様やお兄様、キティや使用人たちをのっけるお船だったら大きいやつがいいよね。間に合うか、僕の魔力……それにくわしい操縦方法もわからんちんだし……。

僕は紅茶をこくりと飲みながら、キティを見てみた。

キティは元騎士だから操縦方法わかるかもっ。

「キティ。キティも騎士のときお船にのってた？」

「いいえ。私は海に出る任務に当たりませんでしたので……海軍の騎士も手練《てだ》ればかりですね。手合わせしてみたかった……」

「そ、そうかぁ」

戦闘本能をのぞかせるキティの横で、お船で脱出するのはムズそうだな、と脱出計画をうすーく考えなおす僕なのでした。

†帝国の新技術は魔力でいっぱい

おじい様のお船見学がおわったセブランお兄様と合流した僕は、この博覧会のメインイベントっぽいのを見にやってきました。

スケジュールとか出てないけど、人がいっぱい集まって、エラいオトナも大集合だったからね。集まってるとこがあったら、とりあえず近づいてみる。僕が心に飼ってるやじ馬とはそういう馬なのです。

メインの大きい港は偉い人専用みたい。大きい柱が土のとこに立ってて、奥にお父様たちが見える。僕たちは見学席みたいなとこから見ることになりました。

ちょっと待ってると、港の奥から同じ型の船が三艘《そう》そろってブオーって来た。ええと、あれは荷物を運ぶ用の小型船。

「なんかするんでしょうか」

「今博覧会の肝だね。新しい着岸方法だそうだけれど……ほら、あそこに魔法使いもいるだろう？　彼らと開発した新しい技術なのだって」

「ふへぇ、新しい……う、浮いたぁー!?　セブランお兄様、おおおお船が！　浮いてる!!」

みんなが見守る中、お船の先っぽがフワァーて浮き出した！

ちいさいお船だけど人がのれるやつなのに、ちょっとずつ浮いて、もうお船の底のあたりがお水にさわってるだけになってる！　重力を感じない！　魔法だ！

僕は手をぎゅっと握って大興奮だけど、まわりの大人たちはウムウムしてるだけ。えええええ。そんな冷静な。

「浮いているね」

びっくりしてたら、おとなりのセブランお兄様も冷静だっていうね。

「離岸も早くなるので、多くの船員たちを素早く陸へ戻せるようです」

「あの柱が新しい魔道具なのだろうか」

「おそらく。詳細は海軍と、魔法庁の担当しか知り得ぬところかと」

「しかし権威はよく伝えられた、というところだね」

ぐぬぬぬ。まわりから拍手は聞こえるけど、みんなあんまりウオーッてしない。魔法を見慣れすぎてる。軍の人たちが多いから、とくにそうなのかも。

ファンタジーが日常になるって、あらためて考えるとすごいことだよね。

お兄様たちのお話のおじゃましないように、僕は浮いてるお船を眺めた。お空に飛んでくまではしないみたいで、お船の底はお水についたまま。三艘ぜんぶが港に横っ腹をくっつけたあとは、ふつうにチャプンと湖にもどってったよ。

「ふへぇー……浮いてたなぁ……」

ガマンしてたけど、やっぱりすごくて、大きめのため息出ちゃった。そしたらセブランお兄様が気づいて、お背中をなでてくれた。むふぅ。落ちつきます。

「ふふふ。すごい技術だったね」

「はい。ちょっとスゴすぎました。……んむ」

あれ。なんか急に……まぶたが重い。

あれかな。興奮しすぎて息止めてたから酸欠になったのかも。ガマンは体によくないのだ。

「フラン？　疲れてしまったかな」

「……ねむい気がします……」

「セブラン様。ぼっちゃまは私たちが安全に送りますので、どうかご見学をお続けください」

「しかし」

正直に眠いってゆったら、セブランお兄様が心配そうなお顔をした。いままでお船を見ててワクワクしてたのに、急に〝お兄様〟のお顔になっちゃって、なんだか申しわけなくなってくる。

「セブランお兄さま……見てきてください、帝国のえぐめのぎじゅちゅを……」

「限界のようだね」

さいごの力を振りしぼってなんとか伝えたけど、うまく伝わっただろか。ウググ……ネムが、ネムの足が圧倒的にはやい。セブランお兄様を見たいのに、首ももうネムに届してて、気づいたら護衛のおじさんに寄りかかってた。おじさんのおかげでギリ立ててる状態。

セブランお兄様は少し迷ったようだけど、お別れのために僕のほっぺをなでてくれた。

「なるべく早く戻る。フラン。ディナーは父様と兄様もいらっしゃるから、一緒に席につけるように、いまはしっかり休んでおいで」

「ふぁい……おやすみなさいませ、セブランお兄さま」

ペコリとおじぎしたいけど、おじきした瞬間に地面にめり込みそうなので、若干頭を揺らすだけにしておきますね！

お兄様とお付きたち数人が立ち去る気配にホッとする。これで心置きなく、護衛のおじさんに寄りかかれるというものである。

（どんどん眠くなるなぁ）

目も開かないいし、あくび出ちゃう。

「ぼっちゃま。馬車がまいりました」

「ぅへい」

僕はお喉の奥でお返事して、とにかく馬車まで足を動かすことに集中しました。

目を開けたら、湖のうえにいた。

あれ。僕、お船にのったんだっけ？

んんーと考えてたら、お尻がスベスベとして、下を見たら金色のクッションに座ってた。あ、クッションじゃない。ゴンブトムシじゃん。

「おおきくなったねぇ」

ゴンブトムシは羽をブーンとして湖のうえに浮いてた。薄羽は虹色でホバリングしてると虹がかかってるみたい。あと飛ぶのがじょうず。ぜんぜん揺れないよ。快適。

「ゴンブトムシもお船見に来たの？」

スベスベしてる頭をなでると、ゴンブトムシはおツノをゆっくり動かした。

「んん、そうかぁ。おともだち探してるのかぁ」

さみしそうな羽音がかわいそう。やっぱりひとりはさみしいよね。僕もしょんぼりしちゃうと、ゴンブトムシはブーンと高く飛んだ。

なんかね、今日の魔力がいい感じだったんだって。ゴンブトムシがうれしそうに羽ばたいてる。それはあれかな。お船を浮かせてた魔法がじょうずだったってことかな。

「あのね、帝国の魔法使いはエリートなんだって。きっといい魔法をつかってるから、そのせいと思うよ」

ブーン。お船みたいにゴンブトムシが湖を飛ぶ。

「そうか。キミは風の気配が好きなんだね」

湖に吹くさわやかな風は、火山の魔力であったかい。僕もゴンブトムシにのって、おでこが出るくらいの風をあびる。

気持ちいいねってゆうと、ゴンブトムシも楽しそうにスピードをあげて、僕たちはしばらく湖を飛びつづけたよ。


「博覧会はどうであった！」

夜になったら、お父様たちが帰ってきた。

僕はさっきお昼寝から起きたとこで、まだぼやぁとしてる。夢見たけど、それもあんまり思い出せないし。

シェフがホテルの窯で焼いてきたアップルパイをもむもむ食べつつ、お父様とセブランお兄様がお話ししてるのを、視界の端っこに感じていました。リンゴ、おいしいなあ。

「はい、父様。多くの船を知ることができました。貴重な体験でした……お連れいただいて、ありがとうございました」

「うむ！　フランの面倒を見ながらよく見学したようだ。えらいぞ！　セブランには海軍の道もある。しかと見極めると良い」

「はい」

そうかぁ。セブランお兄様も海の騎士になれるのかぁ。でも帝都から海は遠いから、海でお仕事することになったらあんまり会えなくなっちゃうかも。むむむ。それはちょっとやだなぁ……。

ぷしりとお鼻から空気を出して、アップルパイのおかわりをする。

だんだん目が覚めてきたから、パイ生地の焼き具合がちがうのがわかってきたぞ。いつもよりこんがりしてる気がする。シェフ、慣れない土地でがんばったんだな！　壁んとこで控えてるシェフにうむってしておこう。

「フランはよく食べたか！　疲れてはいないか！」

「んあ、はいっ」

僕にはお話こないと思ってゆだんしてたからビクッとなっちゃった。

急いで今日のことを思い出す僕。

「ええとカフェで、なんか、なんかパン？　みたいなの食べて、セブランお兄様とお船が浮くのも見れてたのしかったです！　あっ、お昼寝もしました！」

「うむ！　よくやった！」

んへへ。ほめられた。

道ばたで寝たり、迷子になったりしなかったもんね！　うんうん、とてもえらい。遠くに来たのに、我ながらよい子にできた！

得意な気持ちになってると、お父様がステファンお兄様のほうを見た。

ステファンお兄様はステーキを食べつつ、ワインも飲んでる。かんぜんにオフ。お仕事おわってスイッチオフなお兄様は、お父様に見られて少し首をかたむけた。

「なんですか、父上」

「ステファンもよく仕事をした！　立派であったぞ！」

「……、……ありがとうございます」

「うむ！」

ステファンお兄様は一瞬ぽかんとしたけど、そのあとフッと笑ったよ。ワイングラスを置いて、お父様に頭を下げた。

お父様もステファンお兄様もうれしそう！

「んへへ」

「うふふ」

兄弟全員が褒められたのがうれしくて、僕とセブランお兄様はお顔を見合わせ、こっそりと笑うのでした。

†家族旅行ができました！

博覧会の中休みの日。

山の上はいろんな人が来ててにぎやかだ。

朝早く起きた僕たちは、お父様のハイキングに行くか！　というお誘いのもと、家族みんなで湖一周してみることになりました！

「良い天気だ！」

「そうですね。冬も暖かい場所とはいえ、こんなに天気がいいのは珍しいと、基地の者も言っていました」

「うむ！　恵まれたな！」

まえを歩くお父様とステファンお兄様はとっても元気で、お散歩のテンションで朝の空気を感じて楽しそうにしてる。

そのうしろ歩くのはセブランお兄様と僕でして。

「はひ、はあ、ふあー」

「フラン、大丈夫？」

「ぱひ……っ！」

湖大きいなぁと思ってたけどホントに大きい！　歩いても歩いても一周しない！

火山の火口にできた湖だから、まわりの道がデコボコしてたり坂になってたり、ちゃんとハイキングのつらさを味わわせてくれるっ。

僕は一生懸命歩いてるけど、どうしてもお父様たちから離れちゃう。がんばって早足にするとデコボコがつらくて、結果息切れしちゃうのだ。セブランお兄様が僕に合わせて歩いてくれてるのが申しわけなくなってくる。

「フラン！　がんばれ！」

「んい！」

がんばる！

とにかく足元を見てモッチモッチモッチモッチモッチ足をまえに出しつづけてると、少し先でお父様とステファンお兄様が立ち止まってくれてた。あそこまで行くぞ！

セブランお兄様にも真横から見守ってもらいつつ、ふぬぅーって最後の気合いで直進！　そんでゴールのお父様にどーん！

「よしっ、よくやった！」

「ふはぁーっ、あー」

お父様のお胸に寄りかかって息ぜーぜーしちゃう。んはぁーつかれたぁー。

「半周はできたぞ。港が対岸にある」

「わあ……！」

ステファンお兄様に頭をなでてもらってお顔をあげたら、僕たちが出発したホテルのある港が、湖をはさんでちょうど反対側にあった。

あっちは街だけど、こっち側はおうちや人があんまりなくて、林がいっぱいある感じ。ぜんぜんちがう景色になっておもしろいね！

「ひとりで歩いてここまで来れたね」

「はい！　ふあーっ、いっぱい歩いたなぁ」

「うむ！　フランもセブランも、たくましくなったな！」

「ふふふ。父様、あそこに店があるようです。休める場所があるか聞いてきますね」

ハァハァしてる僕とは違ってめちゃくちゃ元気だったセブランお兄様が、お茶屋さんをみつけてくれました。

「っぷはー！　お水おいしいですねー！」

「うむ！　よく冷えている！」

ベンチに座ってお水をゴクゴク飲む。目のまえにひろがる湖を見てると、達成感が湧《わ》いてくるよ。

セブランお兄様がみつけたお茶屋さんは、お店のまえにベンチがあって休憩できるようになってた。基地詰めの騎士たちが、湖周回マラソンをするときに立ち寄れるようにって、騎士たち自ら木を切ってベンチを作ったんだって。マラソンは毎日やってるらしい。その上で木も伐採してくるって、騎士のフィジカルたるや。

「フラン、お水はおかわりもらう？」

「はいっ。おかわりします！」

おそばにいた店員さんが、空っぽになったコップを受け取ってくれる。お水おいしかったからもういっぱい飲みたい。

おかわりいただくの待ちで足をプラプラさせてると、ステファンお兄様が意外そうに首をかしげた。

「フランが水を美味《うま》いと言うとは珍しいな。……店主、このあたりは魔力を含まない水場があるのか？」

「どうでしょうか。うちでお出ししている水は近くの湧き水なのですが、火山一帯に精霊の加護がありますから、そのおかげで他の場所とは異なる魔力なのかもしれません」

「ふむ。そうか」

僕は魔力を含んだ食べ物苦手だけど、お水ごくごくいけたのは加護のおかげだったのか。ほほーなるほどなぁー。

お水のおかわりもらって、みんなでフィーと一息つきつつ湖をながめる。家族みんなでこんなにまったりするのははじめてのことかも。風の音や鳥の声も聞こえて最高だ。さり気なくゴンブトムシも柵にいて風感じてる。

んはーのんびりだねぇ。

「騎士様。こちら、グリーンフィグでございます。どうぞお召し上がりください」

まったりしてると、店主さんがお皿をベンチに置いてくれた。お皿には切り口もみずみずしい新鮮なイチジクが山盛りになってる。

「よいのか！　馳走《ちそう》になるぞ！」

うれしそうな声をしたお父様が、半分に切られたイチジクをむんずとしてガブリ！　お兄様たちもつづいて、あまい香りがひろがった。

（んああーおいしそう！）

汗かいたし歩いておなかも空いたし、おいしそうなおやつに見える。でも僕、前世でも今世でも、生のイチジクって食べたことない。どんなお味なんだろか。

お口を半開きにしてお父様を見上げちゃう。

「おいしいですか？」

「うまい！　フランも食べてみるか」

お父様がずい、と半切れをお口まで持ってきてくれたので、僕は勇気を出してイチジクのまるいトコをガブッとした。

ぷちぷちの種の感触とじゅわっとした果汁。甘くほんのりしぶみがあって、

「……………むぐぅ」

「ふふ。フランには魔力が強かったかもしれないね」

「はい。僕にはつよすぎました」

お口にひろがる野生の香り。精霊の加護もフルーツまでには及ばなかったようです。

目をギュッとしてなんとか飲みこむと、セブランお兄様がよしよしってお背中なでてくれました。

僕の食べかけはお父様が食べてくれたよ。

ちなみにお父様とステファンお兄様がイチジク好きみたいで、山盛りイチジクをガブガブ食べてる。しぶみがいいんだって。

「冬はフィグが採れる季節ではないのに新鮮だな」

「山が年中暖かいものですから。季節を問わずに採れるのです」

「訓練中の騎士様にも補給として人気があります」

店員さんたちはご説明しながら、しぶいお顔してる僕のためにお水を持ってきてくれた。

「ごめんね。僕、フルーツあんまり得意じゃなくて」

「いいえいいえ。お気になさらず。それよりも皆様の仲がよろしくて、素晴らしいことです」

「んへへ」

仲良しって思われたのがすごくうれしかったです！

「回復したか！」

休憩して元気になったころ、お父様が立ち上がった。のこり半分のハイキングに出発である！

僕もよいしょーってベンチから立ち上がったけど、なんか足がふかふかしてた。力が入らないような、変な感じ。足元見てたら、ひょいって体が浮いた。

おん？　あ、ステファンお兄様！

「フランは半周で充分だ。後半は私が抱いていこう」

「お願いしますっ」

抱っこしてくれたステファンお兄様のご厚意に存分に甘える僕。

お茶屋さんの店員さんたちが微笑ましそうにして見送ってくれるので、僕は手をぷいぷい振って、ハイキングの後半をたのしんだよ！


つぎの日からはまた博覧会の続きが始まって、イベント見に行ったり、おみやげ買ったりしてたら、あっという間に最終日。

たくさんお船にも見れたし、なによりもお父様とお兄様たちといっぱい一緒にいられたのがうれしくて、博覧会最高だなあと思いながら帝都にもどる僕なのであった。

閑話　まわりの人たち

トリアイナ家でいちばんおちいさい男児、フラン様。

冬の終わりにお生まれになったぼっちゃまは、御年２歳。私もフランぼっちゃまの料理担当となって二年ということだ。

離乳食のときから偏食家としての片鱗《へんりん》を見せておられたぼっちゃまは、大人と同じ食事は召し上がれず、りんご中心の生活をなさっている。

おいしく召し上がれるものを探すべく、今日は新たなレシピをおやつに持ってきてみた。

「い、いかがでしょうか」

「………」

幼児用の椅子に座らされたぼっちゃまは、ちいさな両手で楕円形《だえんけい》っぺらいおやつを持ち、ちゃむちゃむと先端をしゃぶっていた。

ビスケットともクッキーとも違う。パイ生地に近いが、それよりもずいぶん油分を抜いたもの。私が考案したおやつだ。

「…………」

ちゃぶちゃぶ。

大きな目をこちらへ向け、固唾《かたず》をのんで反応を待つ私と見つめ合いながら、おやつをしゃぶるぼっちゃま。

「んずぅ」

お口の中で柔らかくしては飲みこむを繰り返していたぼっちゃまが、ついにひとつ食べ終えた。

おやつにほんの少しだけ蜜《みつ》をかけたせいで、お手がベタついたらしい。不思議そうなお顔をして、ベタベタする手を合わせては離し、くっつくのを楽しんでいらっしゃる。

「ああっ、ぼっちゃま。お手は私どもが拭《ぬぐ》います……っ」

「ん」

側仕えのメイドが慌てて布をもち、優しく丁寧な手付きで拭き取って差し上げる。蜜がなくなり、サラリとしたお手に満足そうだ。ペチペチと拍手してくっつかないのを何度も試しておられる。

「えへへへ」

サラサラの手がお気に召したようでメイドを見上げて笑った。

ぼっちゃまはまだ言葉が堪能ではないので表情を見るのはとても大切なことだ。

サラサラのお手を喜ぶぼっちゃまを見ていると、メイド長がやってきた。

「厨房は、今日はどのような味付けにしたのですか」

「メイド長。小麦にアーモンド粉とバターをほんの少し混ぜただけの焼き菓子のようなものです。バターも風味程度で、ほぼ味はないかと」

「味をつけなかったというの？」

「い、いいえ、これは実験的な」

「ぼっちゃまで実験しないで」

メイド長は長い間トリアイナ家に勤めているので、敬愛の気持ちも尊敬の念もトップレベルと言えるお方だ。

お叱りは受けたが、メイド長の気持ちもわかる。これからは言葉にさらに気をつけよう。

再びぼっちゃまのほうを見ると、ぼっちゃまは二つ目のおやつに手を伸ばしている。めずらしいことだ！

その場にいる全員が息を潜め、２歳のぼっちゃまの動向を見守る。

「…………」

おやつをむんずと掴《つか》み、両手で持ちなおして、楕円の細いほうをお口にくわえられた。シャムシャムシャムシャムと、クワガタが葉を食《は》むような小さな音が聞こえてくる。

「……お気に召したようだ」

ほーっと長く息を吐いてしまう。

(ぼっちゃまがお好きなもの、二つ目が見つかった)

「先ほどの言を撤回して、謝罪します」

「メイド長」

「けれど、ぼっちゃまで過激な実験はしないで。辛いのや苦いの、極端なものは控えてくださいね」

「はい」

やはりぼっちゃまを想う気持ちは同じなのだ。

両手でおやつを持っていたぼっちゃまが不意に片手を伸ばし、またひとつおやつを握りこんだ。

「めいどちょ、あげる」

「まあ、ぼっちゃま。なんと慈悲深いのでしょう」

「はい」

「いただきますわ」

「…………」

おやつをメイド長に手渡したぼっちゃまは再びご自分のおやつを口にくわえ、メイド長が口にするのを大きな目で眺める。

メイド長が一口食べ、美味《おい》しいと言うように頷《うなず》くと、ぼっちゃまは目を細めて微笑《ほほえ》んだ。

「ふへへへへへ」

さらにぼっちゃまが手を伸ばし、こんどは私に差し出してくださった。

「どぅぞ」

「わ、私もいいのですか」

「どうぞ」

私が受け取るまでぼっちゃまはおやつを口になさらない。

急いでおそばに駆け寄って受けとり、間髪いれず一口食べた。

「いただきます」

サクサクとした食感。勢いをつければパリッと割れるような焼き菓子だ。味はほとんどなく、口の中の水分が取られていく。我ながら独特なものになったと思う。

大人の私が食べたところ美味しいものではないと判断してしまったが、ぼっちゃまは本当にこれを……？

この場で食べてみて、ひろがっていく不安。

おそるおそるぼっちゃまの様子を見ると、両手でお菓子を持ってにっこりとなさっていた。

「おいしいねぇ」

「っはい、ぼっちゃま」

「ンフーッ」

返事をすると、ぼっちゃまは満足そうにほっぺを赤く染められて、ぱくりとおやつをお口にいれられたのでした。

第4章 迷子のゴンブトムシ

Akuyaku no Goreisoku no Dounikashitai Nichijyo

†ししょーも会ったことない昔のお話

「ゴンブトムシーいるー？」

さいきんの日課。朝起きたらゴンブトムシを探してみるの。おそらくだけど、どうやらゴンブトムシは僕の近くで暮らしてる。

僕からは見えないけど、ゴンブトムシは僕を見ててくれてて、いろいろ助けにきてくれてるみたい。僕のスイリでは。

「いないかぁ」

寝室のカーテンをあけてお部屋をキョロキョロしてみる。金色の虫、いない。

「ゴンブトムシは魔法がじょうずなんだなぁ。……ここ！」

ふんふ～んと鼻歌を鳴らしつつ、鏡のうらっかわをシャッと覗《のぞ》いた！　急に見たら、ゆだんしてるの見れるかもと思って。でもゴンブトムシはいなかった。ざんねん。

「ぼっちゃま。剣術のお時間でございます。お着替えいたしましょう」

「んあ、はーい」

寝室でゴサゴサやってたら、あっという間にお稽古《けいこ》の時間になってしまった。

剣術のしゅぎょーの日は朝ごはん食べないんだ。食べるとね、おえってなっちゃうの。

僕はかたい生地のお洋服に着替えさせてもらって、のしのしとお庭に向かった。お稽古用のお洋服ってかたいんだよね。

お庭に着くと、すでにししょーは来ていました。

「おはようございますっ！　よろしくお願いします！」

「おはようございます、フラン様」

「ほっほっほ、元気ですなぁ」

ししょーは昔、お父様にも教えてたんだって。それくらいおじいちゃんだけど、ずーっとつよいし、ずーっと変わらないし、なんだったら聞くたびに新しい趣味できてる。フットワークが軽いおじいちゃんなのだ。

僕とししょーは木剣を持って向かい合う。

呼吸を見合って見合ってぇ……！

「っべやぁー！　……ズンッ」

「左脇が甘いですなぁ」

「んあああ～っ」

うおおおって走ったのに、ししょーにヒョイと避けられて、横からポンとされた。思ってもない方向から押されたから、僕は芝生のうえをゴロゴロゴロ……！　ところがることになっちゃう。

ゴロリ、と終着点で仰向けに止まった。お空がキレイ。僕がこんなに転がっても、お空は青くてさわやか……。

「ムゥ。もっかいやります！」

「はい、どうぞ」

起き上がってししょーと見合う。さっきより距離があるのと、僕のワキが甘いっていうのを参考に、そろりそろりと足を進めて——

「めあー！　……どんっ」

「防御に意識をもっていかれすぎですなぁ、ほい」

「んぁあああああ～！」

ナナメから襲ったのにふつうにポンされた。ゴロゴロゴロゴロゴロ……ッと芝生のうえを移動して、さっきより二メートルずれたトコに到着。

「ブビィ……」

これはもうお鼻が鳴ってもいい。ちゃんと防御もがんばったし、お顔はちょっと横にしてフェイントもしたのになぁ。芝生にほっぺつけながら鼻息プープーさせちゃう。

しばらく落ちこんでから、むくりと立ち上がる僕。

お膝ペシペシして土を払ってししょーを見る。

「ししょー。ししょーは、どうして僕が来る方向がわかるんですか」

「どうして、ですか。いやはや、それは……」

ししょーが言いよどむのめずらしい。理由がわかんないんじゃなくて、こう、言葉を選んでる沈黙だ。なんだろかって使用人を見たら、みんなもサッと目をそらした。

おおん？　なんだねなんだね。僕がお顔を覗きに行くと、みんなお顔をすごい角度にさせてまで目を合わせないようにする。……あれ。もしかしてみんなは理由わかってるのでは⁉

「ぐぬぬぬぬぬぬ」

「フラン様は目線と足の方向が同じである、と申しておきましょう」

唸り声を漏らしてたら、ししょーが笑ってた。

「……？　走るほうを見るんじゃないの……？」

「フラン様の弱点は素直すぎるところ。が、やられても相手に愚直に向かえる勇気は天晴《あっぱれ》です」

「んんう。褒められてますか？」

「ほっほっほ。もちろん」

「うぇへへ！」

じゃあいいか！

ししょーはケンセイって呼ばれたすごい剣術の人なんだし、僕がゴロられるのもしかたないよねっ。なっとく、なっとく。

やる気がもどった僕は、それからまた何回か地面をゴロゴロして、本日のしゅぎょーはおしまいになりました。

「あっ、ししょー、ちょっとだけ待っててください！　火山にいったときのおみやげがあります」

「それはそれは。お気遣いいただきまして」

おみやげを持ってもらってたメイドから箱を受けとって、ししょーにお渡しする。

「これですっ。火山の魔力が詰まった石！　ずっとあったかいから、寒いときにベッドにいれてくださいねっ」

火山でメジャーらしいおみやげです！

ゴツゴツで黒い石はなんにもしてないけどぬくいのだ。ししょーはおじいちゃんだから、朝の寒いときとかほら、あの、あぶないし。ぜひ使っていただきたい一品である。

ししょーは箱を開けて石を手に取ると、温かいですなぁって笑ってくれたよ。

「フラン様、ありがとうございます。火山というと、先日博覧会が行われた？」

「んあっ、そうです！　お船いっぱいですごかったです！　ししょーも知ってるんですね！」

「あの火山にはかつて精霊が住み、優れた剣には加護を授けたという伝説がありましてなぁ。幼き頃には憧《あこが》れたものです」

「いまはいないんす？」

精霊ってすごくファンタジーな響き！

僕も妖精さんなら夢で会ったことはあるよ。んんん、精霊とはどう違うんだろ。火山にいたのかぁ。見れるなら見てみたかったなぁ。やっぱり羽とかあるんだろか。

ソワワッとして食いついたら、ししょーはおヒゲをなでなでしつつ教えてくれた。

「数百年前に飛んでいってしまったそうですよ。幻獣の引く馬車で虹の道を行き、遠くの山に着いたそうです」

「幻獣で虹を!!　ふへぇーっ伝説だ！」

「ホッホッホッ！　伝説ですな」

おとぎ話みたいでとてもたのしいっ。

僕の目がよっぽどキラキラしてたみたいで、まわりのメイドたちもニコニコしてた。ししょーも「いつか会えるといいですな」ってゆってくれたよ。

そんでキティが気をきかせて、夜に精霊の絵本を持ってきてくれたから夢中で読んでしまいました。

おもしろいし、音読したらメイドがほめてくれるから三周したよ。

ファンタジー世界の絵本っていいよねー！

†ゴンブトムシの香りはパンケーキ

暖炉があったかい応接間で、はきはきと絵本を音読する僕。公爵家三男、もうすぐ8歳。

「そのすきに、むらの子がにせものの聖霊だとあばき、よっぱらっていたクルラホーンは逃げられずにかんねんしました。こうして金銀ザイホウをてにいれた子は、おじいさん、おばあさんと、なかよく暮らしました、とさ！」

「お上手でございました！」

「大変聞きやすうございました！」

「まるで天からの鐘の音を聞いているかのようでしたわ！」

「んはっはっはー！　そう？　そうっ？」

なんたってもう五回は読んでるからね！

この絵本の教訓はウソついちゃダメってことみたい。

聖霊です、ってゆったけどほんとうは精霊だったクルラホーン。お酒飲みすぎてお口をすべらせちゃって、かしこくて勇気がある子どもにバレるんだ。そんで最終的にコツコツためてたお宝も没収されて……。

ドサリ。

僕は力が抜けちゃって、ソファからずるずる落ちて絨毯《じゅうたん》に寝そべった。

（……こらしめられる悪役だ……）

クルラホーンがヒトゴトに思えないよぅ。よい子になろうとしてるけど、いつ、どこでアラが出ちゃうかわからない。

絵本すごい。絵本のいましめすごい。じわじわくる。

「ぼ、ぼっちゃま！　みな、ぼっちゃまが瞑想《めいそう》のお時間を迎えました！　すぐにアップルパイを……！」

キティたちが心配してくれてる。へへ、すいやせん……ちょっと運命に向き合うと力が抜けちゃうものでして……。

暖炉に向いたお尻があったかいなぁとうつろに思ってたら、絨毯のうえをゴンブトムシがノシノシ歩いてきた。

「なぐめてくれるの……んぷぅ」

ノシノシしたゴンブトムシが、僕のお顔を登ってく。透明化の魔法を使ってるみたいで、メイドたちは気づかない。ふへへ。悪役の僕はゴンブトムシの相撲《すもう》場になるのがおにあいかもしれませんな……。

僕の頭まで来たゴンブトムがツノを動かした。

「んう？」

いい香りする。

バニラアイスみたいな、あまいような、癒やされる香りだ。んんう。なんか前世のパンケーキ思い出しちゃう。

すふすふとお鼻うごかしてたら、いつの間にかゴンブトムシはいなくなってた。

慰めに来てくれたのかな。

「ぼっちゃま！　アップルパイが届きましたよ」

「ん」

ちょっと元気が出た僕は、よっこいしょって体を起こして、すべてを忘れるためにアップルパイを食べに行くのでした。


「せんせぇ。ゴンブトムシがいい香りするの知ってました？」

「は……？」

魔法のお勉強がおわったので、魔法使いのせんせぇとティータイム！　せんせぇは家庭教師たちの中でも、お勉強後のティータイムに特によくつき合ってくれて、お話もいっぱい聞いてくれるんだよ。

最近あったこととかを話すことが多いけど、本日は今朝あったとれたての情報をお知らせしようと思ったの。

ゴンブトムシがいい香りって結構な発見と思って！

でもせんせぇはゴンブトムシのことを知らないみたいだった。

(そういえば、ゴンブトムシは僕がつけたあだ名だった)

「えーと……ゴンブトムシは、カブトムシに似てて、あっ、カブトムシがいないんだった」

「……虫なのですね？」

「はい！　ツノが大きくて、足もぐわっとして、すごくかっこいい虫です！」

「はい」

せんせぇが神妙なお顔でうなずいてくれた。帝都には虫ってあんまりいない。けどさすがせんせぇ。伝わった！　僕も気合いが入って、ゴンブトムシのすごさを体ぜんぶでお伝えするのにおイスから立ち上がっちゃう！

「こんくらい大きくて！」

「……おおきすぎますね……」

紅茶のカップを持ったまま、サロンの窓からお空を見上げるせんせぇ。雲を見てるのかなぁ。

「んあ。ふつうの子はこれくらいです」

「く……っ許容、できるか……!?」

お話の仕方まちがえて、最近よく見てるゴンブトムシのこと先にゆっちゃった。ふつうのより大きいんだよね。せんせぇもがっかりしたかも。カップにかけた指が小刻みにブルブルしてた。

「そ、その、ゴンブトムシという虫が、香りを発するのですか」

「はい！　僕がおちこんでたから、なぐさめてくれたんだと思います。ええと、バニラアイスみたいなあ。アスカロンにはバニラアイスないや。香りってなんてゆったら伝わるかなぁ。

「えーと、甘くてなんか木っぽくもあって……いままで嗅《か》いだことないくらいの癒やされる香りなんです！　くんくんしてたら心が落ちつきましたっ」

「未知の香りですか……」

思い出してほわぁとしてたら、せんせぇはカップを置いてテーブルの上で指をくんだ。なにかを思い出すように、人差し指をとんとんとんとして。

「心が落ち着く香りといえば、世界樹でしょう。世界樹はよい香りを放ち、旅人を癒やしたという伝承が多くあり、生き物を回復するとまで書かれた書物も存在します。フラン様が出会ったゴンブトムシという虫も、世界樹へ行ったことがあるのかもしれません」

「ふはーっ世界樹!!」

ファンタジーのやつだ！　世界樹の葉っぱとか、どんな状態からも回復させちゃうとか、なんかそんなチートアイテムだったりするよね。

んあーっ。がぜんテンションがあがってくるぅ！

「せんせぇ、世界樹ってほんとうにあるんですかっ？」

「あります。ただし、招かれねば辿《たど》り着けもしないそうですが」

「フォー!!」

あるんだ！

んあーすごい。すごいなぁ。せっかく魔法の世界にいるんだから、いつか行けたらいいなぁ。お招きしてもらえるかなぁ。

「伝承では善《よ》き者が招かれるとありましたね。まぁ、それは戒めや訓話と同じでしょう。我々人族と樹木との価値観が一致するとは思えません……フラン様？」

「……よい子オンリーなんですね……」

ぺそり、とテーブルにほっぺつけちゃう。

そうだよね。よい子がお呼ばれする。だいたいそうだ。世の中って、そういうものだもん……。

(あれ？　いい香りする)

お鼻をくんとさせて、お顔をずらしたら、テーブルのうえにゴンブトムシがいた。

「フ、フラン様っ」

「あ、せんせぇ。そこにゴンブトムシいます！」

シュン！

せんせぇがかっこいい瞬間移動を見せてくれて、なんか元気が出る僕なのでした。

†春妖精はいい妖精

「世界樹かぁ」

ふあーあ、とベッドの中であくびしながら、僕はお昼にせんせぇから聞いたことを考えていた。

ゴンブトムシがいい香りがするのは、世界樹のいい香りの樹液をごはんにしてたから、という説。

そう聞いたら、もうそうとしか思えなくなっちゃった。

「ゴンブトムシの地元が世界樹なのかなぁ」

ゴンブトムシとは別棟でお会いしてからの関係だけど、いろいろお手伝いしてくれたり助けてくれたり、よくしてもらっています。僕も、ごはんにどうぞって意味で寝室にハチミツを置いたりしてるけど、おうちに帰るお手伝いはできてない。

おうちまで馬車で送ってあげたいけど、いかんせん世界樹は「よい子だけ歓迎」というハードルありまして……僕が行ったら弾《はじ》き飛ばされそう。こわわ。

むぅと眉を寄せつつ、寝返りをうつ。

と、目のはしに、青々と茂ってるモノが見えた。机の上のイエミツである。

イエミツはもともとわんちゃんの木彫りに貼られたふつうのヒカリゴケだったのに、いまではすっくすくに成長して、こんもりしたコケ玉みたいになってるんだよ。ごりっぱである！

「……イエミツでなんとか」

栄養のある樹液は……出ないか。コケだもんね。

おなか空いてないのかなぁ。ゴンブトムシっていつから別棟のお部屋にいたんだろか。

「……おうち帰りたいよね」

寝室を見回すけど、ゴンブトムシはみつかんない。でもきっとまだここにいると思う。

僕はベッドを降りて、窓辺に行った。

「う……っしょい！」

背伸びして寝室の窓のカギをひねって、てのひらくらいのスキマを開ける。夜の少しひんやりした空気が入ってくるけど、今年はあったかいからこれくらいなら大丈夫！

「ゴンブトムシー、お外でられるからねー」

たぶんみつけられないけど、とりあえず話しかけながら寝室を振り返る。

「……いる!!」

正面の絵に！　いた！

ちょっとした林を走る馬車の絵。林の下に描かれた草むらにゴンブトムシが「元からいましたが」みたいな態度してぐっと張りついてた！

「ええぇ……そこでいいの」

もしかして、ほんとの植物に見えたのかな。ゴンブトムシがいる絵は有名な画家が描いたらしくて、僕は馬がかっこいいなーと思って飾っただけなんだけど、あれかな。草がいい感じだったんかな。見逃してただけで、ずっとここにいたのだろか……。

草の絵のうえでゴソゴソしたゴンブトムシは、ツノを左右に振って、すぅーと消えてった。

インパクトがある金色がいなくなると、なんかもう物足りなく見えちゃう絵。

「んあ。お花咲いてたっけ」

草のトコにポツポツと白いお花が咲いてた。ちいちゃくてかわいい一重のお花。

僕、馬ばっかり見てたから気づかなかったのかも。ゴンブトムシがとまってくれたおかげだね！

「ゴンブトムシ。あのね、今夜はずっと窓開けておくから、いつでもお外にでれるからね」

見えないゴンブトムシに話しかけながら、ベッドにもぐりこむ。

「おやすみなさい」

お鼻の下までおふとんを持ってきて、僕はぐっすりと寝たようでした。


そんで朝。

カーテンがひらひらしてて、出ていっちゃったかなってなんだかさみしい気持ちになっちゃった。しかたないんだけどもね。

お着替えして、朝ごはんのために食堂に向かってると、階段のところの絵に使用人たちが集まってた。ざわざわだ。シツジもまざっておしゃべりしてるのはめずらしい。

あとみんなが集まってると僕もなんか集まりたくなっちゃう。

ぺぺぺぺっとちょっと早足で近寄りシツジのおそばに立つ。

「どうしたの？」

「フランぼっちゃま。おはようございます」

「ん！　おはよー、シツジ」

ペコリとされたので僕もうむとする。ごあいさつは大事だもんね！

僕が来たことで使用人たちがちょっとスキマを開けてくれた。集まってたのはやっぱり絵のまえだ。

おじい様のご領地のアゼミチが描かれてて、収穫のときの絵だから小麦が実りに実っててステキなの。

「絵がなぁに？　……んん？　あれっ？」

黄金《こがね》色のキレイな絵のはずだけど、なんか黄緑色じゃない？　いや、まだあれだ。収穫されるまえの、ていうか白いお花が咲いてるじゃん！

僕の記憶とちがう絵になってる！　ってびっくりして正面に行ったら、やっぱりの黄金色の麦畑の絵だった。

「んあえぇ……？」

僕、寝ぼけてるのかなぁと思って、グーにしたお手てでお目めをムニムニした。で、もっかい見上げた。そしたら小麦の収穫のときで、あれ、けどちょっとお顔をナナメにしたら、花が……咲いてくる!!

「あれ？　あれ!?　なにこれすごい！」

角度によってちがく見える絵だ！

体を動かすと絵の季節が変わるのがおもしろくて、僕はトコトコトコトコ行ったり来たりしちゃう！　んはーっすごい。元々こんなんだったっけ!?　毎日歩いてる廊下だから逆に気づかなかったのかなっ？

「ふあーなにこれ……ふはぁー！」

「春妖精のイタズラでございます」

「はるようせい？」

シツジが僕のアゴを支えてお口をそっと閉じさせてくれた。お口開きっぱなしだったみたい。んへへ。ちょっと乾燥してじょうずにしゃべれんくなってたや。

「はい。春を愛する妖精が、花が咲くのを待ちきれずに絵画や陶器にイタズラをすることです」

「んあー！　すごいね！　こっから見るとお花咲いてないのに、こっちは咲くの！」

今日の朝こうなってたんだって。やっぱりめずらしい現象らしくて、それは使用人も集まっちゃうよね！

「はああ。妖精さんのシワザなんだ」

すごいねぇってみんなを見たら、みんなもうんうんしてた。ね！

「細工中の姿を見た者はおりません。本当は妖精とも魔物とも、誰かの魔法ともわからないのですが……しかし害がないので、妖精が幸運を運んできている、と言い伝えられているのでございます」

「ある時代では、春妖精が訪れるようにと、植物や自然を模したデザインが流行いたしました」

「ちょうどジゼル様の代ですわ。お輿入れの品々がどれも本物とみまごうばかりの花の飾りで、とても美しかったと帝国中で評判になったそうでございます」

「んあ。別棟の」

ジゼル様は、五代前のトリアイナ家公爵夫人で、いまアラベルおねえ様が住んでる別館を建てた人。

ふへぇー。流行《はや》ってたのかぁ。

「おもしろいもんねぇ。春妖精さんは呼べたのかなぁ」

「はい。花瓶のひとつに、変化があったそうですよ。年代物で壊れやすくなっているため、いまは別棟で保管されております」

シツジが誇らしそうに言った。シツジはトリアイナ家が大好きなのだ。

(別棟の花瓶とかは、妖精さんを呼ぶためのだったんだね)

ふむふむ。じゃあこの絵もおめでたいんだ。いいことだね！

「んあ」

妖精さんってすごいんだなぁ、とか思ってたら、絵のはじっこに見覚えのある金色があった。ゴンブトムシである。いつの間に来たのかわかんないけど、いまは透明の状態みたいで、僕以外は気づいてない。

ゴンブトムシはゆっくりゆっくり動くと、麦畑に添えられた風車のよこの花壇にとまった。

「ハバッ……………！」

花壇に、お花が増えました。

(犯人じゃん！)

春妖精じゃない。絵の中にお花咲かせまくってるのはゴンブトムシだ！

ステキなお話の正体がお知り合いのしわざだったときってこんな気持ちになるんだ……ゴンブトム

シすごい……隠れてなんかすごいことしてて、すごい！　あこがれちゃう！

「ぼっちゃま？」

「な……。なんでもないよ。朝ごはん食べます！」

ふたたび開きっぱなしになったお口をキティが心配してくれたのを、僕は自力でパクムと閉じた。

仕事人なゴンブトムシをおじゃましてはならない。

心の中で応援しつつ、僕は食堂へ向かうのであった。

†みんなでふみふみ！

冬ってあんまりお外に出れない。寒くてお風邪ひいたらいけないって、お父様とセブランお兄様が心配するから、旅行もいかないし、とてもおヒマなんだよ。

あまりにもおヒマでソファでゴロゴロしてたら、キティがご友人を呼んではいかがですかってゆってくれた。ソファのスキマに挟まりながらハッとしたよね。そうだ、お外に出れないなら、おうちに呼んだらいいいんじゃん！

すぐにお手紙書いたら、ハーツくんもサガミくんもその日のうちにお返事くれたんだよ。

そしたらもう次の日にはお茶会しちゃうよねー！

「すごい……ほんとうに変わっていますね」

「お花が咲いたり、小麦になったりしていますっ。わあー」

「んへへ。すごいよね！　僕もびっくりしたの！」

暖炉のある応接間に行くまえに、ハーツくんとサガミくんにちょっと階段のぼってもらって、例の麦畑の絵を見ていただいております。

やっぱり変わったことあったらさ、おともだちといっしょに見てさ、ワーッてしたいもんね！

ハーツくんもサガミくんも、リアクションがすごくいいから、僕はきのういっぱい見たのにいっしょにヒャーッてなっちゃう。三人でならんで、絵のまえを行ったり来たり。んはぁー何度見てもおもしろい。だまし絵みたい。

「ぼっちゃま。あまり廊下にいては、お体が冷えてしまいます」

「んあ！　そうだね、お茶会しよっ」

んへへ、夢中になっちゃった！

僕はハーツくんとサガミくんをつれて、応接間にご招待。ふつうはテーブルとソファに座るんだけど、今日はやりたいことがあったから、暖炉のまえに座りました。ふかふかなラグとクッション、おやつやカップを置けるトレイもご用意してもらったよ。

ハーツくんたちも良いとこの貴族だから、はじめは床のうえに座るの抵抗あったっぽいけど、もう慣れてくれてぺとんと座ってくれるよ。あったかくていいよねっ。

そんで、僕はすこしソワソワした気持ちでふたりのお顔を見た。

「みんな、ご本もってこれた？　僕はね、ドラゴンの絵本にしたよ！」

じゃーん！　メイドから受けとったご本を両手でまえに出してみせた。すると、ハーツくんもサガミくんも、お付きのメイドからご本を渡してもらってお胸に抱える。

きのうのお手紙に、お気に入りのご本を読み合いっこしーましょーって書いたから、持ってきてくれたみたい！

「私は、父上がもっていた貝がらの図鑑です。絵がとてもうつくしいのです」

「ぼくもすきな絵本ですっ。朝おきるとパンがふえるというお話です」

お気に入りってお願いしたから、ふたりとも発表するのがうれしそう。んああっ、早くふたりのも読みたいや！

「みんなで読めるとおもいます」

「フランさま。ここに、まんなかに置いたら、みなで読めるかな」

「んあ！　いいね、いいねっ」

「うふふ。たのしみですね」

おやつの入ったお皿をはじっこにしてもらって、真ん中に絵本を置く。まずは僕のおすすめからだ。

ふたりにワクワクのお顔で見られて、ちょっとキンチョーしたけど、僕は絵本を読みきった。ドラゴンがお池や山や、人の村まで食べて、食べすぎてしゃっくり出ちゃうの。ケッヒュとするたびに、人とか家とかがお口から出てくるのがおもしろいんだぁ。

「ドラゴンはつよいですね。みながもどれてよかったです」

「ぜんぶ食べてしまって、こわいけどおもしろいですね」

「ねー！　そうなの！」

ンハーッ。僕の好きなご本を、みんなも好きってゆってくれてすごくうれしい！　おっきすぎてコワイと、おっきすぎておもしろいがゼツミョウにまざって最高なの！

なんか満足した気持ちでほっぺがポッポしちゃう。

つぎはハーツくんのだ。

ハーツくんの持ってきてくれた図鑑はすごくぶ厚くて大きくて、ハーツくんも絨毯《じゅうたん》に置くときよいしょってしてた。表紙には宝石がはまってる。これだけでもすごいね！

「ふあーっ。これキレイ！」

「わあぁ。これが海にあるのですか。宝石の海みたいですね……！」

「外国にあるそうです。いつか行ってみたいです」

ページをめくるごとに出てくる絵がぜんぶキレイだった。描いてるのは研究者の人らしいんだけど、画家さんになれそう！　じっくりじっくり見ちゃうよねぇー。ふはぁー……。

そしてさいごはサガミくん。

サガミくんはやさしい声してるから、音読されるとなんだかふわふわした気持ちになってくるよ。

あと増えるパンがおいしそう。

「パンがふえるの……アップルパイもふえるかなぁ」

想像したらお口あいちゃう。

んあーできたてのアップルパイ……無限アップルパイ……。

「フ、フラン様、おくちが」

「わかります。ぼくも、ケーキがふえていたら……ふああ……」

「サ、サガミまで……っ」

想像してボファーとしてるサガミくんのお口を、ハーツくんがハンカチで拭いてあげてた。僕のほうはキティがサッとキレイにしてくれたよ。慣れた感じでした。

みんなのご本を読み終わって、ひといきついた。おしゃべりしたから紅茶がしみわたるなぁ。

ソファでゴロゴロするより充実しました！

クッキー食べながら、僕はみんなに聞いてみることにした。

「あのね。聞きたいことがあるの」

「はい。なんでしょうか」

「ぼくにわかることなら、なんでもっ」

ハーツくんもサガミくんも、やる気いっぱいな感じでお返事してくれる。やさしい。

「冬のおひまなときって、なにしてる？　僕ね、あんまりお外でるのはダメってゆわれてて、最近ほんとうにおヒマなの。ソファに挟まるしかしてない」

「ソファに挟まる……？」

「フランさまは、お体がせんさいですものね」

んあ。そうか。そんなことになってるんだっけか。僕、ちょっと眠すぎるときがあって、おうちのパーティー欠席したりするんだよ。そしたらなんか「トリアイナの三男は虚弱」ってウワサになってるの。まことにいかんです。

今日も朝はさむかったけど、お昼はあったかいし、お外に出ても平気と思うんだけどなぁ。

「えぇと、わ、私は、さむい日はお部屋で図鑑や本を読んでいます。父上がかしてくださる本は外国のものなので言葉がむずかしく、読んでいると一日がすぐに経ってしまいます。けれど、それも楽しくて……」

「ぶえええっ、えらい！　外国語のお勉強だね！」

「わあっ、ステキなご趣味ですね。ハーツさまらしいです」

「そ、そうでしょうか。……うふふ」

ハーツくんが、僕たちにすごいすごいゆわれまくって、お顔を赤くして照れてた。でもホントにすごいよね！　家庭教師の日でもないのに外国語の勉強してるって、さすがだなぁ。ハーツくんはかしこい子だ。

(うむ。まねっこできない！)

お勉強ない日に、自分ではお勉強できないタイプの僕です。

「サガミくんはなにしてる？　インテリなご趣味を……？」

「インテリ？？？」

おそるおそる聞くと、サガミくんがサンドイッチ食べながら首をかしげた。

たのむ、お勉強系でないものをゆってください……!!

サガミくんは、質問に答えるために急いできゅうりサンドイッチをコクンとして、ちゃんとお口を拭き、僕に向き合ってくれた。

「ぼくは、しもばしらを探しています。寒くても、お屋敷のそばなら良いと言われているので」

「しもばしら！」

「はい。ええと、そのぅ」

そういえば霜柱ってあるよね！　アスカロンに生まれてからは意識してなかった。土の下に氷が柱みたいになってて、冬にしか見れないやつ。なるほどなぁーみつけに行くのも楽しそうっ。

ふむ！　ってしてると、サガミくんが正座してモジモジしてた。

僕とハーツくんはお顔を見合わせて、モジモジサガミくんを観察。これは……なにかあるぞ！

「なになになに」

「サガミ。ただみつけるだけでは、ありませんね？」

「あうう」

左右から取り囲んで、ぷにぷにのほっぺたに僕もハーツくんもくっついたら、サガミくんは観念しました。んはっはっはー！　ほっぺ気持ちいい！

せっかくなので、三人でくっついたままお話を聞こうね。

「はい……あのぅ。はしたないのですけれど、霜柱を、ふ、踏むんです。ザクザクとしてたのしいんですよ」

「ふひゃあー！　なにそれぜったいたのしいじゃん！」

思わず歓声をあげちゃう！

そうだそうだ！　前世でもみつけたあと、霜柱のうえ歩き回ったっけ！　なつかしいなぁ。

前世ではふつうのことでも、やっぱり今世の貴族だとなかなかできないことで、ハーツくんはそんな方法が、ってびっくりしてた。

「そういえば踏んだことはありませんでした。ザクザクとした感触なのですか？」

「は、はい」

サガミくんが教えてくれたとっておきの遊び。ハーツくんは知らなくて、僕は忘れてたやつで。

僕の頭の中でピコンと音がなりました。良いこと思いついちゃった音である！

僕はティーカップを横にずらしてぶつからないようにすると、シュパッと立った。

「フラン様？」

「フランさま？」

「探そうっ！」

「「　えっ　」」

「しもばしら、踏みたいっ！」

やりたくなったら止まんなくなっちゃった。ぜったい踏みたい！

ハーツくんとサガミくんは、貴族がやる遊びじゃないのはわかってるから、僕の願望にオロオロしてる。

うむ、ここは〝僕が〟許可をとらなくちゃだ。なにせ僕がいちばんエラいからね！

僕は控えていたキティ、それからハーツくんとサガミくんのメイドさんから、それぞれエラいっぽい人のお顔を順々に見た。

「いい？　しもばしら、探しに行っていいっ？」

「はい、ぼっちゃま」

キティがうなずくと、他のメイドさんたちも押されるようにうなずいてくれる。冬なのに許可でた！

ンフーッ、ひさびさにワガママをゆっちゃったかも……けど、ぜったいにみんなでやりたいもん！

後悔はない！

「ハーツくんっ、サガミくんっ。しもばしら探しに行こ！」

若干の強がりになりつつ、お胸を反らして仁王立ちしてたら、ハーツくんとサガミくんもバッて立ち上がった。

「い、行きますっ」

「おともしますぅ！」

ふたりとも決死のお顔に、少しのワクワクが入ってる。

僕はこぶしをギュッとすると、ぅえーい！　って上にあげた。

「しもばしら捜索隊、しゅっぱつだー！　おー！」

「お、おー」

「おーっ」

もうお昼だからあったかくなってて、霜柱はなかなかみつからなかったけど、おうちの日陰でみつけれたよ。

みつけたときは、みんなでじっくり観察してキラキラもいいねってゆってたけど、やっぱりふみふみしたくなってくる。

でもいざやるとなると、お靴をよごしちゃうという現実的な問題が……。ちょっと悩む。

が、なぜかまずキティが率先してゴーサインを出してくれた。そのあとみんなのお付きのメイドもいいよいいよってお顔してくれたよ。

「いいの……！」

「いいのですか……！」

「わ、わあ……！」

僕たちはお顔を見合わせて、いっせいに霜柱にジャンプ！　そのあと存分にふみふみ、ザクザクしちゃう。

「んあーっ、あっちにもあるよ！」

「ここからでもキラキラしていますね！」

「おおきいから、みんなでできそうですっ」

「行きましょう、フランさま、サガミ」

「行こー!!　ゴーゴーゴーゴー！」

「わあっ。うふふふ、はやいです！」

霜柱をみつけたら、三人でお手て繋《つな》いで一気に踏みに行く！

冬だけどこんなにたのしく遊べるなんて思いもしなかった。おうちのまわりの霜柱をぜんぶみつけて走り回る僕たちは、冬だけどちょっと汗かいて、すごく満足したのでした。

†僕のセブランお兄様はかっこいい騎士です！

シルクのブラウスと、ベルベットのコート。どっちもステファンお兄様のお下がりで、僕用に少し直してもらったやつ。お靴は今日のために新調したけど、なんとお帽子はお父様のお下がりだ。

羽根飾りのバリエーションがいっぱいあって、いちばんかっこいいのをつけたよ。

いつもよりお時間かけて完成したおでかけスタイルに、僕は控えてるメイドたちを振り返った。

「かっこいい？　かっこいい？」

「はい！　立派な公爵家ご令息であらせられます！」

「お帽子の羽根と胸元のブローチがおしゃれでございます！」

「威厳たっぷりでございますわ！」

「ンフーッ」

今日は騎士祭。去年はじめて行ったけど、ほんとにお祭りって感じですっごいたのしかった。メインイベントは、帝都広場で騎士たちがなんかワーッてする戦いのあれ。本物の剣つかうからこわいんだけど、アスカロンには基本的にお祭りないから、街の人たちがめちゃくちゃ盛り上がるんだ。

ほかにも旅芸人の出し物とか出店とかイロイロあるし、見に来る庶民の皆さんにとっては、お仕事がんばった一年のシメになってるのを学びました。

僕も庶民の感覚で、お祭りワーイと思ってたんだけど。

（今年はちがうのだ）

セブランお兄様の騎士デビュー戦があるんだよ！

騎士見習いの人は、騎士団に所属して本格的に騎士のお仕事を始めるんだけど、どこに所属するかがけっこう重要らしい。

なんかあの、貴族的なのとか派閥的なのとか……？　よくわかんないけど、オトナの事情があるのでしょう！　メイドからの情報である。

ともかく、その、騎士祭でつよいと、つよい騎士団からスカウトがくるんだって。

だからデビュー戦はすっごく大事なのである！

(僕もカンペキなお洋服で行かないとっ)

かっこいい騎士であるセブランお兄様の弟なんだから、今日は特別にかっこよくなくちゃ。もしスカウトの人が「弟もチェックしようかな」ってなったときに、僕がイマイチだったら……セブランお兄様もイマイチと思われちゃうかも。そんなのはダメだ、そんなことになったら、僕は僕を許せないからね！　成敗してくれる！

つまりお祭り気分では、ない!!

「ツピー！」

気合いいれたらお鼻から笛みたいな音出ちゃった。すかさずキティがハンカチでお顔拭《ふ》いてくれる。

「ではぼっちゃま。出発いたしましょう。観戦が始まるお時間でございます」

「んぬ、んむん……っ、よし！　行こう！」

僕は張りきっておうちを出たのでした。

「あわわわっ、ち、ちこく……！」

お洋服の最終チェックしたり、皇子といっしょに食べる用のおやつ選んでたりしたら、あっという間に遅刻のお時間になってた。やばい……！

おおいそぎで馬車にのるけど今日の貴族街は人が多い。それはそう。だってお祭りだもんね！

庶民の人も旅芸人の人も、なんかいろんなお使いの人もうろうろしとるっ。

んあああ～！　ってなりながら、大広場の裏っ側にある貴族用の入り口に着き、よゆうですよ、あわててないですよ、のお顔をつくりながら、めっちゃくちゃ早足でラファエル皇子がご招待してくれた特等席に向かった。か、階段多いぃ……！

「フラン」

「んあっ皇子、おくれてしまいました！　もうしわけございませ……っはふ……ぶひゅ……！」

「うん？　そんなことはないけれど……座りなさい」

「はいっ」

貴族は上から見れるお席なもんで、けっこう階段登って、ぶひぶひするくらい呼吸が荒くなったけど、なんとかあやまれた！　ふいいー……。

皇子はぜんぜん気にしてなくてむしろ首をかしげて、お席をすすめてくれたよ。

「フランの兄の、セブランの試合はまだ先だ。息をととのえて、ゆっくり観戦するといい」

「ふぁい、ありがとうございます」

んあ、そうか。騎士祭は最初からいなくちゃと思ってたけど、開会式とか見なくてよかったっぽい。

僕、公爵家三男だもんね。

ふうふうしながらコートを脱がせてもらって、おイスに座る。皇子の使用人がすぐにお茶とおやつをご用意してくれて、ほんとうに特等席って感じだ。

「今年はステファンお兄様は出ないっていっていました。リオネル様はお出になられますか？」

「あ、ああ。試合ではないのだけれど、け、剣舞をなさるそうだ」

「わあ！　すごいですね!!」

「その、新しい鉱石で作った剣で、本来はとても重いのだけれど、兄上の指揮のもとで長年研究し、ついに細身につくることができて、量産は不可能だが技術のある者にはつかってもらいたいと希望なさっているそうで、それならばまず帝国の皇子たる自分が使いこなさねばならないとおっしゃっていて」

「……あい」

皇子のお兄ちゃん大好きなやつが止まらない。僕は皇子のお話にふむふむふむふむふむむってしながら、とにかくかっこいいリオネル様が見れるってことを把握《はあく》しました。ふむふむふむふむ！

ひととおりお話しして落ちついた皇子は、僕にもお話を振ってくれたよ。

「フ、フランの兄のセブランは、騎士の年だね」

「はい！　セブランお兄様はかっこいいから、なんかすごい騎士になると思いますっ」

「うん。必ずそうなるから、しっかり応援しよう」

「はい！」

「まずは予選からかな。さあ、フラン。始まるよ」

皇子にうながされ、僕も広場にお顔を向ける。

セブランお兄様とおなじ騎士見習いたちが、お顔をキリッとして入場してくるところでした。

僕はしっかりセブランお兄様の位置を見定めて、応援するのに思いっきり息を吸って――。

「……かっこよかった……」

「……素敵だった……」

おイスにべろりとなる僕。

お隣では皇子が泣いてた。

ついいま終わったばかりの、騎士たち総出の本当の騎士祭。広場は去っていった騎馬の名残で土煙がまだあがってる。

見習いの皆さんの試合の迫力と、騎士団対抗の演舞、そして帝国のスイをきわめし剣を振るう第一皇子。

ぜんぶがかっこよくて、ぜんぶが夢みたいで。

「……むり……」

「……むり……」

皇子は号泣してるし、僕はぐったりしちゃう。想像を超えてるかっこいいことって、なんか受け止めきれないの。心臓はドキドキしてるのに体の力は抜けていくんだよ……ふしぎな感覚。

ただ皇子と気持ちが一緒になったことで、語り合う力が湧《わ》いてきた。

「セ……セブランお兄様のステップ完璧すぎて見えなかったです、くるんてして避けるのもおしゃ、おしゃれで……！」

「そうだな、そうだな……！　あ、兄上も剣を使いこなしていらっしゃった……！　重いというのに羽のようにお扱いで、兄上自身に羽が生えたのかと……ううう……！」

「わかりますわかります……っすごかったですね、皇子！」

「すごかったな、フラン……！」

いつの間にか体を寄せて、真剣に語り合いだす僕と皇子。いちばん大好きな人はちがうけど、泣いちゃうくらい感動した気持ちはおんなじ！

おイスに座ったままお手てをぎゅっと握り合って、うんうんうんうんうんしちゃう。

思いきりかっこいいところを伝えたあと、僕と皇子は合図もなしで、うっとりと広場を見た。

「「はぁあ」」

夢みたいなお時間だったなぁ。

†ラファエル皇子の贈りもの

メインイベントが終わった広場には、いろんな芸人さんたちがやってきて、踊ったり歌ったりして、観客の皆さんをたのしませてる。観客席からはみんながなんか投げてるけど、なに投げてるかわかんないから僕は投げられない。芸人さんたちも笑顔だからたぶんお菓子とかだとは思う。

興奮が落ちついた皇子が、はふぅとしてお席を立ったので、僕もよいしょってした。

もうお別れと思うとさみしいけど、またお茶会はふつうにできるもんね！

皇子にそれではーってごあいさつしようとしたら、皇子の侍従さんが小包を渡してきた。

「フラン。この絵を受けとって」

「あわっ、ありがとうございます！」

皇子からのプレゼントだって！

こんなかしこまった贈りものはめずらしい。皇子はきまぐれに僕のおうちに来るけど、いつも紅茶とか菓子とかくれるんだよ。

けどこれは……高そうな布に包まれててちゃんとしてそうだ！　下賜《かし》？　これ下賜というやつ？

まずい、僕慣れてなくてちょっとあの、お作法に自信なし！

キティに助けを求めたら、なんかお目めで合図してくるから、ああこれすぐ開けるやつだって察せた。

「あ、あ、開けていいです……？」

「ああ」

正解でした!!

大学ノートくらいだったから、片手で持って布の結び目をほどく。高い布はスルーンてほどけて、中には小さめのキャンバス。

繊細な色使いで、植物の絵が描いてあった。テーブルのうえには見たことがないバラが活《い》けられて、手前にはオブジェが……あれ、この子は見覚えがあるぞ。………。

「んあー！　ヒカリゴケだ！」

ど真ん中に描かれてるのはヒカリゴケだった！

見覚えがあるのも、僕が去年どうぞってしたやつと同じ形してたから。

「えっえっ、これって」

「去年、フランがくれただろう。夜になると苔がほんのりと光ってうつくしい。夜光バラとあわせて飾っているんだ。お返しに夜光バラをと思ったけれど、あれは私の一存で分けられるものではなくて。せめて絵をと思ったのだ。気に入ってもらえるといいのだけれど」

「ふあああああっキレイですステキです！　気に入りました！　んひゅぁぁぁあ……っ」

皇子がはにかんでて、なんかそれで僕のこと思ってご用意してくれたのがすごく伝わってきた。

夜に光るバラは、お城だけで作られてる特別なバラなんだよ。僕もウワサで聞いたことあるけど、本物は見たことない。

皇子はそれをくれようとして、ダメだったから絵にして、ヒカリゴケとも共演させてくれたんだ………っもう、もう……っんあー！

僕は絵をお胸にぎゅうと抱きしめてぴょんぴょんした。うれしすぎてジッとしてられない！　ホントはお空にかかげてくるくるしたいけど、それはがんばって耐えた。んああーうれしいー！

「よかった」

よろこびでズムズムしてる僕を、皇子はにこやかに許してくれた。

「私たちがおとなになって、夜会を開くときは、ほんものの夜光バラを見せよう」

「はいぜひ！　たのしみですっ、……んはぁああキレイ！　皇子、すてきな絵をありがとうございました！　大切にしますねっ」

「ふふふ」

お礼を何回ゆってもぜんぜん足りなくて、ぴょこぴょこ動きながらお礼ゆいまくってたら、最後は皇子も笑いながら「じゃあね」ってゆってお別れになりました。

特等席にのこった僕は、いちどおイスに座ってマジマジと絵を眺めた。

はわぁ……すてきすぎる……。

「ぼっちゃま。このままお帰りになりますか、それとも出店を見学なさいますか」

「あ！　お店見たいです！　寄り道したいです！」

「かしこまりました」

ゆっくりしたかったけど、そうだ。僕、おうち出るときやや遅刻気味だったから、広場の出店をぜんぜん見られんかったんだった。

この日しか出ないお店ばっかり。見なかったらつぎはまた一年後だ。ぜったい見たいよね！　あとはスラムの子たちのお店も気になる。トレーズくんは来てるかなぁ。

馬車は待たせておいて、広場からお外へ歩いて出た。護衛のおじさんたちが六方向を取りかこんでくるけど、まぁしかたない。スキマから見える。

人混みのときはギュッとされて、スキマなくなるけど、でも今日の僕は皇子の絵があるからね。

「見てキティ。すごいね、このバラも夜に光ってるんだって！」

「まぶしく感じますね」

「そう！　絵がじょうずなの！」

「ぼっちゃま。お手を」

「んあ、はーい」

絵に気を取られてたから、キティが片っぽのお手てを繋《つな》いでくれました。これで安全に歩けるね！

広場のすぐまえは観戦の人や芸人さんやお店の人でごちゃごちゃしてたけど、ちょっと離れたら落ちついてきた。ここらへんは……出店いっぱいのとこだ！

護衛のおじさんのわき腹あたりからお顔をにゅってする。

「ぷあーたくさんあるねぇ」

「商人以外も来ております。今日ばかりは冒険者たちも物を売っていますぞ。掘り出し物があるやもしれませんな」

護衛のおじさんが教えてくれた。

ゆわれたとおり、見てみるとたしかに、お洋服が商人じゃない人たちがいる。鎧《よろい》とかアヤシイローブの人たち……冒険者さんだね。お客さんは屈強なおじさんばっかりみたい。

「冒険者さん……なに売ってんだろ？」

「彼らは依頼で様々な場所に行くので、そこで見つけた珍しいモノや魔物の素材が多いです。道具屋よりも高く売れそうで、レアモノは祭りのときに出回るのです」

「んへぇー！　おもしろいねぇ！」

めずらしいものが並んでるお店のまえをとことこ歩いてると、にぎやかな音楽が聞こえてきた。人だかりもできてて、なんだろうなって近づいちゃう。

どえらい貴族の僕が来たせいで、庶民の人たちが道を開けてくれた。へへ、すいやせん……。遠慮しつつ円の中心を見ると、知ってる吟遊《ぎんゆう》詩人《しじん》さんと知ってるツンツン頭の男の子がいた。

「くつ～、おくつですぞ～！　いままでにない履き心地！　長時間歩いても疲れない！　くつ～、おくつはいかがでぃすか～」

吟遊詩人のディディエの音楽に合わせて、勇者あっくんがフシギな踊りをしながら、お店の宣伝をしてる……奥で手拍子してるのは、あっくんのお父さんとお母さんかなぁ。

「ややや！　これはフランど、フランさま！」

「ん！　あっくん、こんにちは！　えと、あと……」

僕、ディディエのことは前世のゲームでも知ってるし、去年いっしょに皇帝陛下のおイス爆破させたからそもそもお知り合いだよ。

けどそのことはヒミツだから、僕とディディエがお知り合いなのは、みんなにバレていいんでしたっけ……？

ごあいさつしていいか悩んでたら、さきにディディエがパチッてウインクして、リュートをジャワーンて鳴らしてくれた。

「こんにちは貴族様。お祭りの記念に、お靴を一足いかがかしら？　ラララ～魔物のお靴ぅ～死に物狂いでむしりとった魔物素材を～売ってやる～」

「こちらですぞ！」

曲に合わせて、あっくんがしゅぱってお靴を持ってきてくれた。ふつうのブーツに見えるけど、歌詞で魔物ってゆってた！　気になる!!

円のお外側で見てる庶民のみなさんも興味津々だ。

「魔物のお靴なのっ？」

「これはヒミツなのですが……この靴ひもはトレントのツタ……もみあげの毛でござる！」

「わ、わあ」

お口に手を添えたあっくんがココだけの話！　みたいにゆってくるけどまる聞こえだった。庶民のみなさんがどよめいてる。でも内容どう？　もみあげて……ギリギリ買うの迷うライン……！

ギャラリーのお目めが僕を見てくる。買うんですか？　え、ほんとに？　もみあげを？　ってザワザワしてるっ。

「えー、あの、えー……すごいね！　かんがえてみるね！」

「がってん承知！」

あっくんがナイスみたいなウインクしてきた。今のリアクションで正解だったんだ……!?

庶民のノリがわかんない僕は、そのあと新商品の一曲を聞かせてもらって、お別れした。お靴屋さんは盛況でした。

そこからは冒険者さんお店ゾーンを見ることになった。知らない魔石とか、モンスターの牙とか化石みたいなの、滅びた国の装飾品とかがあったよ。いろんな国からいろんなものが来てて、漢方薬みたいな香りや、パンケーキみたいな香りがしたよ。いろんな言語も聞こえてきて、おもしろかったし、スラムの子たちのお店も冒険者さんゾーンなのを今年知りました！

ドキドキしながら馬車にもどったのは、もうすぐ夕方になるころ。

「ぼっちゃま、お疲れではございませんか？」

「ん。疲れたけど……たのしかった！」

満たされた気持ちで背もたれによりかかって、僕はハフゥーって息をついたのでした。

閑話　まわりの人たち

魔法庁に勤めている者には部屋が与えられる。

広い城の一角に建てられた共同住宅。歴代の魔法庁の長官の趣味なのかはわかりませんが、貴族の邸宅のように整った建物です。一階には食堂があり使用人も常時何人か置かれ、最低限の生活は保障されています。

いわゆる寮と呼ばれるここに住めることは魔法使いにとって名誉。私は最年少でこの寮で暮らし始め、特に最近はすっかり我が家のように感じていました。

「えっ貯金がいくらか知らない!?　マジで！」

「必要なものが買えていれば問題ないでしょう」

「いやいや、残高知らないっ？」

「空間魔法でしまっているので分かりませんね」

同僚が「天才って怖いなー」と、つぶやいていた。ほかのふたりの同僚も思案顔。

「アルネカの部屋を見た限りでは、目立った無駄遣いはしていないようですが……」

「アルネカ、資産の把握《はあく》くらいはしておいたほうがいい」

先月、同僚に金の使い方を考えろと言われた。重ねて言うことになりますが、ここは最低限の生活が保障されており、魔法使いたちが無一文になっても苦労することがないようになっている。帝国のための魔法研究と、有事の戦力として存在することが第一だからです。

「無駄遣いをしているつもりはなかったのですが……」

大人は自らの資産を管理し、いつかのために貯金をするのが常識らしい。『いつか』というのがなんだかわかりませんが、そうするものなのでしょう。

給与は手渡しでコインを渡されるのだが、私はそれを収納魔法で空間にしまっていた。渡された袋のままましまうので数えたこともなかった。

「フラン様への茶菓子を買う」

同僚のくれた貯金箱。入り口から一番遠い私の執務机の上にひっそりと置かれた小さな木箱。中は亜空間に繋《つな》げてあります。金貨・銀貨・銅貨を取るためには、それぞれ念じて吐き出させる必要があるように設定しました。

「フラン様への茶菓子を……」

念じれば木箱から取れてしまうコイン。何にいくら使ったかを意識させるには、さらに一手間加えて強い印象を付与させると効果的でしょう。

(私は週末の茶会のために、手土産《みやげ》を用意せねばならないのです。街で見かけた新しい菓子の店。店主は異国人のようだったが、置いてある菓子は砂糖で出来ているように見えました)

フラン様は甘いものがお好きだ。あの菓子を気に入ってくれると思うのです。

私は机の前に立ち、木箱の上に手をかざす。小刻みに震える手のひら。

「……っ！」

手を下におろすと硬い感触が手のひらに伝わる。そこには小さくて繊細な造りの文鎮。

木箱の上のフラン様からいただいた置物の文鎮は、精巧なつくりで木の枝にとまる蝉《せみ》の形をしているのだ。コインを取るためにはこの文鎮に手を当てて祈るしかない。

（これはニセモノ、これはニセモノ、これはニセモノ……！）

「銀貨、二枚……！」

空中に浮いた銀貨二枚は、空いた手で素早く掴《つか》み取る。右手のひらには未だセミの感触。本物ではないが、そう思っただけで緊張してきます。

「よし……」

手を離してふうとため息をついた。買い物に行きましょう。


「んうぅ～！　おいしい！」

「そうですか」

目をキラキラさせて砂糖を固めて作ったお菓子を頬張《ほおば》るフラン様は幸せそうだ。その顔を見られただけで、セミに手を当てた甲斐《かい》があるというものです。

「お口でとけちゃう。すごい、ほら、ほら！　とけちゃう」

「もうないのですね」

「うん！　とけたから！」

満面の笑みで、美味《おい》しさを教えてくれるフラン様。

「せんせぇはいろんなお店を知ってるね！　すごいです！」

フラン様はいつも手放しで褒めてくださる。

銀貨二枚。

この時間と引き換えと考えれば、それはとてもお値打ちに感じたのでした。

第5章 冬のはじまりはパンケーキの香り

Akuyaku no Goreisoku no Dounikashitai Nichijyo

†学校を見に行こう

お天気よくて気分もよかったので、街にやってきた僕、公爵家三男7歳。

高級そうな布をかぶせた木材に座って、工事現場のおじさんたちに、ごきげんに騎士祭のことをお話ししてるとこ！

「それでねっ。相手の剣をセブランお兄様がシュッてよけて、パシッジュワッドーン！　てしたんだよ！　見ましたっ？」

「へ、へい。さすがトリアイナ公爵家でした」

「さすが帝国の剣と言われているなと」

「か、感心して夜の酒も進みました」

「でしょー!!　セブランお兄様は早起きして、ステファンお兄様と剣のしゅぎょーしてるからつよいんです！」

お父様が学校を建ててる工事現場。どんどん建物ができてくのがおもしろくて、たまに見に来てるんだよ。

お話ししてたら、このまえあった騎士祭は、みなさんもたのしく過ごしたって。セブランお兄様の試合を見てたってゆうから、僕も大興奮で再現しちゃう。僕は近くで見れたから、細かいことまで伝えられます！

セブランお兄様のかっこいいところを存分に語ると、差し入れに持ってきたスコーンや乾燥肉を片手に、おじさんたちがうんうんって聞いてくれるの。そんなんされたら、もっとお話ししちゃうよね！

木材に座ったまままシュパ！　シュパ！　って剣の振りをしてみせたあと、ふうと息をついた。剣もないし、いい感じの枝とかも持ってないでやったから、ちょっと冷静になったの。

「……僕は、あの、まだ練習中だからじょうずじゃないけど」

セブランお兄様はもっとずっとかっこよかったんだよ。うつむいて、お口がツンとしちゃう。……だって僕、よわっちくて……。

(お兄様たちみたいな騎士になれないかも)

思い出してみても、ゲームの僕って騎士じゃなかった気がする。なんか……剣持って街でワガママして高笑いしてただけのような……。

しょもんとした気持ちでいたら、地べたに座って聞いてくれてたおじさんたちが、なんでかあわてだした。

「ぼ、ぼっちゃんはそういうのでねーですよ」

「そ、そうっす。剣は大事ですが、騎士は剣だけじゃねーです！」

「そうっす、優しくないと！　人のこころがあってこそ、俺ら庶民がお頼りするんでさぁ！　なあっ」

うんうん！　おうおう！

おじさんたちの重低音のあいづちが響く。

僕はじわりとお顔をあげておじさんたちを見た。思ったより近くにいてくれて、真剣なお顔のお目めが合う。

「そういうもの……？」

「「「へい！」」」

「んん……そうだよね、つよくて、やさしいのがいちばんいいもんね。お父様もお兄様もみんなやさしいもん！　僕はよい子になるってがんばってるし、ワンチャン騎士もいけるかも！」

希望が見えた気がして、ブフーッてお鼻から息出しながらキティを見上げたら、キティもメイドも、護衛のおじさんたちもすごい速さでうなずいてくれてる。

「はい！　ぼっちゃまは良い子でございます！」

「お強い騎士になるやもしれませんぞ！」

「んはっはっはー！　そうでしょう、そうでしょー！」

キティと護衛のおじさんの言葉に勇気が湧《わ》いてくる。

そうだよね！　まだわかんないよね！

このあと僕がめちゃくちゃつよくなって、すごい騎士になっちゃう可能性だってある。そんで帝国に来た勇者と戦って、あ、どうかな、勇者はあれだな……ボコボコにされるな……だってゲームってそういうもんじゃんね……。

「…………」

忘れてた。勇者と戦うってこと自体がもうアウトなのだ。よい子は勇者や聖女にボコられないもん、そもそもとして対立したらおしまいなのだ。

この世の真理を見出して、思わずお空を見つめちゃう。

遠くでキティたちがおやつの用意を始める音が聞こえた。

「ぼ、ぼっちゃん？」

「……よい子のハードルたかい……」

「目、目が……」

僕の濁ったお目めに、大工のおじさんたちは引いてた。へへへ、すいやせん……まだ悪役の根っこを掘りかえしきれてなくて……。

メイドたちがお出かけ用のティーテーブルセットを物凄い早さでご用意してくれてる。

護衛たちが僕を両脇から支えておイスに座らせてくれた。ナプキンもお膝に置いてくれたよ。

カップに注がれる紅茶をぼんやり眺めてたら、テーブルのうえに見慣れないものがあった。

「んあ。ゴンブトムシ」

クッキーがおしゃれに並べられたお皿のおとなりに、こんもりいるゴンブトムシ。ぼやぁと眺めても虹色でわかるよ。ツノがつんとして、うっすら透明で、おっきくて。んん、なんかいつもよりさらにおっきい気が。

「あれ、え、あばー!?」

に……二匹いる！

いつもの子の横にもう一匹、ツノが立派な子が、ふつうにいる！　えっあれ、ぼんやりしてたから僕のお目めがおかしいのかな!?

思わずビクッとなっちゃったあと、すっごい勢いでお目めをこすってからもっかい見てみる。見間違い……いや、めちゃくちゃ二匹いる!!

「ぶえええええっ？」

「ぼっちゃま！　お、落ち着いてくださいませ。みな、ティーの用意を早く！」

「ぼっちゃま、飴にございますっ」

「お待たせいたしました！」

メイドたちが驚いてるけど、お目めこすりが止まんない。だって信じられないんだもん！

ゴンブトムシをしっかり見たい僕と、ゴンブトムシに気づかないから、僕のことをあやそうしてくれるメイドとの攻防がしばらく続き、最終的にお口にリンゴの切り身をいれられてフィニッシュです！

「ぬぅん？」

リンゴもぐもぐする頃には、テーブルにゴンブトムシはいなかった。完全に消えちゃったみたい。

「ど……どうかされたんですかい？」

こうなると、残されたのは奇行に走った僕と、あわてるメイドと、呆然《ぼうぜん》とする大工さんだ。

うむ。すごくへんな空気にしてしまった。めんご！

あえてなにもなかったように、貴族っぽくリンゴを食べてたら、大工さんが様子を窺《うかが》ってくれた。

やさしい。あと、やっぱごまかせてなかった。それはそう。雇い主の息子がお目め取りそうになってたら気になるよね。

「……あのね、虫がなぐさめに来てくれたの。いつも一匹なのに、二匹いてびっくりしたんです。でももういなくなっちゃった」

「虫が二匹ですか」

おじさんたちにも見えなかったと思うけど、正直にゆうことにしたよ。急にあばれだした子、より、なんか虫が見えたらしい子のほうがいいもの。

「ん。おじさん知ってる？　僕はゴンブトムシって呼んでるんだけど、こう、ツノがぐーってしてかっこいい虫。手のひらくらいあるんだよ」

「それって、もしかしてゴールデンリノセロっすかね？」

「ああ、似てるな」

「あっそう、ゴールデンリノセロです！　……あれ？」

ゴンブトムシは帝都にいないはずなのに、大工のおじさんたちはメジャーな虫っぽくお話ししてる。

僕は首をかしげた。

「有名ですか？　あの、透明で見えないのも？」

「へい。大工に伝わる伝説の虫ですよ。二匹で精霊を引いてきては、良い土を作るって言い伝えでさぁ」

「精霊をひっぱってくるの？　おいしい果物くれるんじゃなくて？」

外国語のせんせぃから聞いたお話とちょっとちがう。

僕が聞くと大工さんたちはお顔を見合わせて、さらにくわしく教えてくれる。

「大工に伝わる話では、ツノで引く馬車に精霊がのってるというか……良いことをした虫が精霊の加護を受けて、とにかく精霊の乗りものになるという昔話でした」

「精霊と虫が作る土で育った木は、丈夫で質も良く、家を建てれば百年傷なしって言われてましてね。大工の憧れなんすよ」

「んへー!!」

ゴンブトムシに諸説あるなんて知らなかった。意外と有名なムシだったんだなぁ。ゴンブトムシかっこいいから、昔の人もお話に登場させたいって思ったのかも！　よいことしてたら精霊さんにスカウトされるって、なんか夢があるお話なのもいいよね。世界中のゴンブトムシが、よい子になろうとがんばってると思うと……んふふ。親近感！

「あっ、じゃあ僕が見た子ら二匹だったから、お仕事中だったのかな」

「おお、そうかもしれませんな。アパートを引いてもらいたいものです」

大工のおじさんがうんうんとした。お父様が造ってる学校は広い敷地の中に新しい建物と古い建物が合わさってできるんだって。古い建物は使ってないアパートをそのまま引っ張ってくるらしいよ。イチクっていうそうです。お金持ちだからって、なんでもかんでも新しいのにするのは良くないってお父様たちが決めたらしい。

「精霊もいたら良いですねぇ。建材に加護をお与えになってくれたら、ガッコウもさらに良い建物になるんですがねぇ」

「加護かぁ」

みんなで建設中の学校を振り返り、しみじみしちゃう。

帝国で学校ができるのははじめてらしい。近くのおうちの人はもちろん、貴族たちも見学に来てる。すごいのが建つってウワサなのだ。

大工さんたちは気合いいっぱいだけど、キンチョーもしてるんだろうなぁ。

「うむ。がんばって建ててくれてるんだから、頑丈なのはまちがいないです。そんで、せっかくだから百年くらい丈夫でいてほしいよね！」

「へい！」

ねっ、てお顔を合わせたあと、みんなでふふふって笑っちゃった。おとぎ話だけど、ほんとうになったらステキだなぁ。

「ぼっちゃま。そろそろお屋敷へもどりませんと」

「はーい」

もうおうちに帰る時間だ。

僕はお皿のうえのリンゴを食べきって、立ち上がると、ティーテーブルセットがお片づけされてく。

（……あれ。なんかいい香りする）

「おや。なにやら香木の香りがしますな」

「バニラのような、質の良い木の香りです。テーブルの木材がいいのでしょうね」

「え、えへへ」

大工さんも気づいて言ってくれたけど、まるで心当たりなし。まあ、へんな匂いじゃないならいっか！

馬車にのると、一列になってお見送りしてくれた。

今日はいっぱいお話しできたから、お別れがなんかちょっと寂しい。けど、仲良くなれた気がしてお胸がほかほかしてる。

「ぼっちゃん。来てくださってありがとうございました」

「「　あざーす!!　」」

「ん！　お仕事がんばってください。またくるねっ」

ばいばーい！

馬車からお手てを振って、僕は庶民街をあとにするのでした。

†春眠には早いかもしれません

「んむぅ」

ねむい。

ティータイムのアップルパイがおいしくて、もっと食べたいんだけど、もぐもぐするためのお口が止まっちゃう。ねむすぎて。

朝からうすうす眠いなあと思ってたけど、お昼を過ぎてピークがやってきた感じなの。

さっきおかわりしたアップルパイのひとくち食べてる最中なのに、噛《か》むのがすごくゆっくりになってる。リンゴおいしい。ねむい。でもお口の中のリンゴの香りがしあわせ……。

「ぼっちゃま。ぼっちゃま。フォークとナイフを失礼いたします」

「ぁい」

握りしめてたナイフとフォークを、メイドにスポンと抜かれてハッとした。気づいたらお目めもつむってたみたい。

ちょっとだけ意識がもどったのでもぐもぐ再開。視界はもう半分ぐらいしかないし、音もちゃんとは聞こえないけど、おいしいだけわかるよ。

「ねむい……おいしい……だめだ、ねむぅい……」

ごくんてした瞬間に心が折れた。これはダメだ。ねむすぎる。

アップルパイを食べきれないくやしさと情けなさに、泣いちゃいそうになってたら、メイドが柔らかいハンカチでお口をモニュモニョ拭いてくれました。あいがとござます。されるがままに、僕の頭もゆらゆらだ。

「んむ、ぬむ」

「ぼっちゃま。お部屋に戻り、お昼寝をいたしましょう」

「ふい」

今日ばかりはしかたない。アップルパイののこりは気になるけど、ごちそうさまでしたをした。

ものすごく重く感じる体で、がんばっておイスから立ち上がる。

倒れるか、倒れないか、ギリギリのとこで歩いてく。メイドたちも左右から、いつ僕が倒れても大丈夫なように、構えて歩いてくれてる。あれみたい。壁に棒が当たるとビリビリするゲーム。僕は棒だ……メイドにあたったらおしまい……んふふ。

もう夢なのか起きてるのかちょっとわかんなくなりながら歩いてたら、階段に来た。

のぼらなきゃだ……めんどいよぅ。広いおうちめんどい。いち、にぃ、さん……んああー六段が限界だよぅ。

「ううう、ねむい……キティ、ねむい。いっかいそこで寝たい」

「か、階段の途中はあぶのうございます」

「広いとこにする。ごびょう……五秒だけ……！」

「くっ……では、私の腕を掴《つか》んでいてくださいませ」

「ん！」

踊り場で、キティの両手につかまって目を閉じる。立ったままだから少し寝ればすっきり、すっきり……なにこれムリ。ぜんぜん眠い。目ぇ開けられないや……んぐぅ……。

デロンとなってるとまぶたを閉じて暗いのにさらに暗くなった。誰《だれ》かの影がかぶったみたい。

「む！　それはフランか！」

「眠さが限界に達されたようですね」

お父様だ……！

おっきい声にビクってなったけど、ネムがつよすぎてお目めが開かない。ううう、おと、お父様がいるぅ……。

「フランはちいさいから、階段で寝ては凍えてしまうな！　よし、父が運ぶぞ！」

独《ひと》り言《ごと》だろうけどおっきすぎてぜんぶ聞こえたよ。

うへへ、お父様だと思ってたら頭がぐらぁってして、急に向きが変えられて五臓六腑《ごぞうろっぷ》もおえーってなった。うー……ってしながら薄目を開けたら、お父様に横抱っこされてる。うむん……なら寄りかかったほうがらくちん！

お父様のムキムキな胸にすりついて、よし寝ーよおって思ったら、お父様の歩くノッシンノッシンがめちゃくちゃつよい。体も大きいし足も長くて歩幅があるから、揺れ揺れ揺れ揺れ揺れするの。

「ぐぶぅ」

「がんばれ！」

「うぃ」

大波のうえみたい。酔いそう。……あ、でも慣れてきたな。このゆらゆらも、慣れたらゆりかごな感じで……。

モサン！

「あぱん！」

ふわふわのベッドに置かれた僕。投げられてはいない。勢いにびっくりしただけ。ぼいんぼいんしたおかげで、ほんのり目が開けられたよ。

「おとうさま」

「うむ、フラン。眠いか」

「はい。あと、おかえりなさいませ」

「うむ、帰ったぞ。そして行ってくる！　フランはよく眠り、よく食べよ！」

「むう？」

せっかくお顔が見えたのに、目のまえがまっくらになった。お父様の大きいお手てが僕のまぶたをおおったから。

あったかくて大きくて安心するお手て。じわーってぬくもりを感じてたら、そのまま僕は寝ちゃったみたいでした。


しずかで、落ちつく虹色のお部屋。

なんでここにいるんだっけ？

「願いごと大丈夫そ？」

「んあ、妖精さん」

うーんとしてると、妖精さんがふわふわ～って横切りながら聞いてきた。なんか体が透明っぽい……？　気のせいかな。

妖精さんとはヒショチで知りあって、なんか温泉を湧《わ》かしてくれたの。あれからそんなに会ってなかったけど、僕たち、なんかのお話の途中だったっけ……？

「願いはわかりやすいのがいいよ。精霊って力がつよいからヘタな願いなら言わないほうがいいし」

「んんと、すみません。なんのお話でした……？」

「急でおどろいたよねー。まさか会えることになるとは。まぁ、ぼくは直接じゃないけど」

「ううん？？？」

「つーことで。ラッキーって思っときなよ」

じゃあなー。

トンボの羽をひらひらさせて飛んでっちゃう妖精さん。さり方に迷いがなさすぎて、止められなかった……いつもどおりなんだけどね！

無念さをお胸に、パチリと目がさめました。

「お願い……」

ベッドからもそもそ起きて、はふぅと息をつく。

妖精さんの言ってたことはよくわかんないけど、なんかのアドバイスなんだと思う。妖精さんとお話しするのはむずい。それなのにわざわざ僕のために夢に来てくれたんだよね。なので、お願いを決めとこうね。

「ジャカランダのお花が元気にいっぱい咲きますように、かなぁ」

アラベルおねえ様からもらったジャカランダの苗。おじいがまだ若木ですなっ言ってたし、お花がどれくらい咲くかわかんないけど、立派に育ってもらいたいものである。

お願いごとを決めたら、あふぅ、とあくびが出た。

いっぱい寝ちゃった。僕はぐうーって背伸びをしてハーッてする。お昼寝してたのに、いつの間にかパジャマだ。お着替えさせてもらったらしい。ありがたいですな。

ベッドからよいしょーって降りて、とことこ歩くと、なんかいい香りがした。

僕のお部屋の香水とかじゃない。飾ってるお花でもないけど、なんでか嗅ぎおぼえあり。なんだっけなーと、お鼻をクンクンクンクンさせて、発生源を探して寝室をウロウロ。

「んあ」

甘い香りの正体。それは皇子からもらったヒカリゴケの絵、にくっついてるゴンブトムシでした。よく見えるように壁に飾ってるけど、二匹のゴンブトムシが、額縁にグッと張りついて左右の幅を増やしてる。

「やっぱり二匹いる。おともだちなのかな」

大工さんと見たときは見間違いかと思ったけど、やっぱり二匹いる。いつ増えたのかなぁ。それとも分裂したんだろか……？

ゴンブトムシはバニラアイスみたいないい香りをさせつつ、絵を挟んで左右でツノをニョキニョキさせてた。おしゃべり中なのかも。楽しそうならよいです！

「あっ、それよりお父様！」

そう、それよりお父様だ！

僕のおやつの時間に帰ってくるなんて、レア中のレア！　お休みってことはなくても、夜くらいまでならおうちにいてくれるかもだ！　そしてあわよくばお風呂とかごいっしょできたり……!!

僕はスリッパをペタペタさせて、おとなりのお部屋に駆けこんだ。

「キティ、キティ！　お父様はっ？」

扉を開けてすぐいたキティにお父様の行方を聞く。お部屋かな。執務室かな。

「ぼっちゃま。お目覚めでございますか……！」

「ん！　起きたよ。あのね、寝るときお父様いた気がするんだけど、いた？　いまいるっ？」

会いたい！

期待に足をパタパタさせてると、キティたちがこまったようなお顔になった。肩にガウンをかけて、ソファに座らせてくれる。

「旦那《だんな》様は火山の調査のため、お出かけになられました。昨日《きのう》、ぼっちゃまをこちらへお連れになって、すぐのことでございます」

「あぶぅ。もうお仕事いっちゃったかぁ」

お父様はフットワークが軽すぎて、だいたいいつもいないんだけど、それにしたって早すぎませんか。おうちにいたの五分くらいかも。

お昼寝してたら間に合わないよ……。

しょぼんとしてると、キティがソファのまえにしゃがみ込んで、僕のお手てを握ってくれる。あ、ちがうな、脈とってる。

「ぼっちゃま。旦那様がお出掛けになられたのは、ぼっちゃまがお休みになった日の夜でございます。昨日のことですよ」

「おん？　………きのう⁉」

「はい。ぼっちゃまは、まる一日お休みでございました」

えええええ……！

キティは最後に僕のおでこにお手てをあてて、お熱を調べたあと、立ち上がってホッとしてた。

窓のお外を見るとお昼っぽい日差し。……てことは？　ほんとうに？　まるっと一日寝た感じで……？

おそるおそるメイドたちを見たら、しっかりうなずかれた。

「ね……寝たねぇー」

「はい。お目覚めになりようございました」

お医者さんが、お出かけが多かったから疲れたんじゃないかってゆってたらしい。

たしかに起きたらすごく体調いい感じはする。疲れってすごいんだなあ、と思いながら、僕はきのうのアップルパイの残りをお求めしてみるのでした。

　僕の食べかけはふつうになくて、シェフが新しいのを焼いてくれてたよ。アップルパイおいしいから、まぁ一日くらいスキップしてもいいよねって思う僕なのでした。

†おともだちとみつけたゴンブトムシ

「二匹になったなぁ」

どう見てもゴンブトムシが二匹になりました。

二匹ともそっくり。ちょっと大きめ。そんでうっすら透明。みつけてからは僕のそばで発見することが多くなって、今日もお散歩につき合ってくれたよ。小石とかさり気なくどかしてくれるの。やさしい。

いつも二匹一緒にいるし仲良しみたいだ。

「うむ。おともだちといるほうがたのしいよねっ」

ゴンブトムシは寝室にかざってある絵がお気に入り。もうお花を咲かせたり、季節を変えたりすることはしなくなったけど、自然が描かれてる絵が大好きで、額縁にくっついてるんだよ。

じっとしてると額縁の模様に見えてきた。そういえばはじめて見たときも、花瓶の一部みたいになってたなぁ。

「窓あけとくね。おやすみ、ゴンブトムシ」

僕は寝室の窓を開けてベッドに入る。ゴンブトムシも、おともだちがいっしょなら無事におうちに帰れるかも。

春が近そうな、ちょっとだけあたたかくなった夜風を感じつつ、僕は眠りについたのであった。

「……んぬん？」

ノックの音がした気がして目が覚めた。

耳をすませたら、やっぱりコンコンコンて聞こえる。んんん？　と思いながら体を起こして、どうぞってゆうと扉が開いた。

入ってきたのは、おじいちゃんだった。白くて長いおヒゲがキレイ。紫のローブは葉っぱみたいな襟付きで、ファンタジー映画のすごい魔法使いみたい。

おじいちゃんはやさしいお目めをしてて、ぜんぜんこわい人じゃなさそう。迷っちゃったのかな。

「こんばんは」

「あ、こんばんは」

ごあいさつしてくれたので、僕もモソソッとベッドからおりてごあいさつ。

「夜中にすみませんなぁ。ワシの馬車がこちらにあると知り、やってきました」

ふぉっふぉっふぉっふぉって笑うおじいちゃん。ああ、やっぱり迷っちゃったんだ。僕のおうち広いもんね。僕も迷うもん。

キョロキョロしてるおじいちゃんは、僕の寝室で馬車をさがしてるみたい。

「あのぅ、んんと、馬車は僕のお部屋にじゃなくて、馬車のとこにあります」

「そうですか、そうですか。案内してもらってもいいですかな」

「あ、はい！」

馬車がなかったらおうち帰れない……たいへん！　もう夜も遅いだろうし、はやく帰りたいはず。

おじいちゃんて早寝早起きのイメージある！　おねむの時間！

僕はおじいちゃんの横を失礼しまーすって抜けて、お隣のお部屋に行く。夜番のメイドがいるから協力してもらおうと思ったのだ。だってほら、馬車の場所って遠いし、僕のおうち広いし、迷うかもしれん。僕が。

「あれ。キティたちいない」

キティもメイドもいなかった。いつもぜったいにいてくれるのにな。めずらしい。

ちょっと悩んだけど、お外に行けば騎士さんがいるかもだ。聞けば馬車が置いてある場所がわかるでしょう！

「んー……こっちです！」

「ありがとう」

おじいちゃんにお礼を言われて、僕はなんか使命感が湧《わ》いてきた。

ぷすんっとお鼻から空気を出して、夜の廊下を玄関に向かって歩く。

（しずか……）

すれ違う使用人も騎士もいない。めずらしい夜だね。あとなんだかおうちの照明も明るめ。ひとりじゃ不安と思ったけど、このままお外のご案内もできちゃいそうだ。

おじいちゃんも僕のお隣をしっかりついてきてくれる。お背が高い。おヒゲは下につかないんだね。

ローブも歩くたびに輝くようで高い生地に見えた。

「ええと、おじいちゃ……おじいさんは、貴族なんですか？」

「なんと言えばよいか。序列でいえば上ですが、全体では真ん中です」

「まんなかですか。……たいへんですね」

中流貴族ってたいへんらしいよ。パーティーでたまに見るけど、疲れたお顔してるのはだいたい中流貴族のおじさんたちだ。前世でも中間管理職は疲れるって聞いたからそれかも。

僕がしみじみうなずくと、おじいちゃんはふぉっふぉっふぉって笑った。

「ワシも年を取ったから、そろそろ次のモノになりそうでしてな」

「ふはー、引退です？」

うなずくおじいちゃん。

僕のおじい様と同じで、息子にあとを継がせるんかな。それもいいよね！

「最後の旅をしている途中で、馬車の馬が迷子になりまして。もう一頭とともに、長いこと探していたのです」

「あっ、その子がまさか……」

「ええ、ええ。こちらで保護されていたようだ」

迷子になっちゃったのは馬のほうだったのかぁ。

それは馬もおじいちゃんも、どっちもびっくりしただろうなあ……みつかってよかったね！　僕も経験あるけど、迷子は不安になっちゃうもん。

うむうむしつつ玄関を開ける。

「みつかって良かったですね！　迷子中ってさみしいし、おむかえに来てくれるとすっごくうれしくて！　……えあっ？　ゴンブトムシ」

お外にはでっかいゴンブトムシがいました。馬くらいある。ゴンブトムシは二匹で、月明かりでダイヤモンドみたいに光るおツノで屋根なしの馬車を引いてた。馬車にはいろんなお花が咲いていて、とてもいい香りがしてる。

「ありがとう、少年。なにか願いはあるかね」

「んあえ？」

ポカンとしてたら、おじいちゃんに聞かれた。あれ、つい最近おんなじ質問をされた気がする。なんだっけ。妖精さんだった気がするけど、えー……願いごとするな、みたいなことゆってなかったっけ。理由は、理由は……なんでだ？

記憶がボヤボヤで、考えようとしても、あんまりよく思い出せない。ううん、僕、眠いのかなぁ。けどせっかく夢に来てくれた妖精さんのアドバイスだ、いかしてこっ。

「願い……ないです！」

言いきったあとに、よい子になれますようにとかあったなーって思った。でもそれは願いっていうか願望というか、僕のやる気次第のやつの気もするし……。いまは無しでよいでしょう！

「そうか、そうか。ではワシの得意なことで礼をさせておくれ」

「ぅゅん」

気持ちを切り替えて、うむ！　としたら、おじいちゃんが頭をなでてくれた。うへへへへ。

おじいちゃんはお外に出ると、おとなしく待ってるゴンブトムシたちのおツノもなでてあげてる。ちょうどお父様たちが馬の首をなでてるのに似てた。

「さぁ、随分と待たせてしまった。旅の続きをしよう」

そう言っておじいちゃんが馬車にのりこむ。ぴったりフィット！　ゴンブトムシがふわぁと羽をひろげると馬車もいっしょに浮いてって、あっという間におうちよりも高くなった。

「ふぁー！」

夜空に浮かぶゴンブトムシの光は虹色になって、お星さまみたいでかっこいい！　ゴンブトムシは馬車にもなるんだなぁ。

夜空もゴンブトムシ馬車に合わせて、七色のオーロラがキラキラしてる。

「ゴンブトムシー！　ばいばーい！　元気でねー！」

精いっぱい手を振る僕のうえで馬車はゆっくり一周し、そしてお月さまに向かって行っちゃったのでした。


「夢見た」

目が覚めたとき、なんだか目のまえがキラキラしてた気がして、すごく気持ちが良かった。いい夢を見た気がする！

モッサモッサとベッドから起きて、両手をグーって上にしてのびのび。

「んーうー！　っふあー……」

伸びしたら、どんな夢だったか忘れてっちゃうや。ちょっともったいない気もするけど、しかたないね。

おとなりの部屋に行くとメイドたちが「早起きですね」って褒めてくれた。そうでしょー！

お顔を拭いて、お着替えさせてもらってるとおなかが空いてくる。早くアップルパイを食べなくては。

クゥーンて鳴るおなかをなでなでしつつ廊下に出ようとすると、メイドたちが一旦立ち止まるようにゆった。ぬん？　なんだろか。

ゆわれるまま待ってると、右側からほかのメイドたちが歩いてきた。

「おはようフラン」

「んは！　セブランお兄様だ‼　おはようございます、おはようございますっ」

メイドのうしろにはセブランお兄様がいた！

朝のちょうどいい時間に会うなんてめずらしい。うれしくなってビャッと距離をつめて抱きつくと、セブランお兄様も笑いながら抱きとめてくれた。

「ふふ。うん、今日も元気そうだ」

「はい！　今日も元気です！」

なにせいい夢見れてセブランお兄様にも会えたからね！　僕がうおおおーってこすりついて、セブランお兄様もなでなでしてくれて、一通り甘えまくったあと僕はハフーとした。はしゃぎすぎておなかのグーグーが止まらなくなってる。

お兄様に手を繋《つな》いでもらって、ごいっしょに食堂に行くことになりました。つまり朝ごはんもごいっしょ。やったね！

ごきげんな朝に、鼻歌を歌いながら廊下を歩いてると、お兄様がふと気づいたように聞いてきた。

「フランの誕生日が近いね。なにか願いごとはある？」

「ねがいごと」

んんん？　この数日で何回か聞いた気がする。お願いを聞かれるタイミングなんてあったっけ？　なんか重大なことを知ってるような、忘れるはずないことを忘れてるような……うーん……思い出せない。

「フラン？」

考えごとして歩くのおそくなってたし、なんかぼや……となってたから、セブランお兄様が心配してくれた。僕は頭をぶんぶん振ってキリッとした。

「なんでもないですっ。ええと、僕のお誕生日の日は、セブランお兄様おやすみですか？」

「うん。一日休みをもらっているよ」

「ほひゃ！　い、一日！　まるっと？　まるっとぜんぶの一日ですか!?」

階段の途中だったけど、左足を下ろしたままでピタッと止まりお兄様を見上げた。ほんとに？　ほんとの話してます？　期待とちがったらどうしようの不安で、繋いでる手がプルプルしちゃう。

セブランお兄様はやさしい目で僕を見てくれてるから、これは……！

「ふふふっ。そう、ぜんぶの一日、まるっと休みだ」

「ンアアアアアアア！　じゃあじゃあっ、セブランお兄様とおやつごいっしょしたいです、夜もいっしょだけど、お昼も！　お昼もごいっしょしてください！」

「わかった。一緒におやつを食べようね。さぁフラン、足元を見て下りよう」

「んあ、ぱぇ、ぱ……ッパァー！　アー！　やったぁあー！」

「フ、フラン。落ち着いて」

予想していなかった幸運に、僕は階段を降りきった瞬間にうおーってその場で回転しだし、セブランお兄様を困惑させるのでした。

閑話　領地の人たち

広い邸宅の中をエリーはゆっくりと歩いていた。もう深夜にさしかかる頃だが、星と月の光が雪に反射して長い廊下も明るく照らされている。

今年も今日で終わり。中庭には主人を慕う領民達が集まっているが、エリーの目的地は邸宅の裏の馬車置き場だ。普段であれば彼女が来ることはない場所。

しかしエリーはゆったりとした足取りでやってくると、メイドに開けさせた裏口の扉から外に出てにこりと微笑《ほほえ》んだ。探していた人物が予想どおりの場所にいたからだ。

「旦那《だんな》様、手配はできまして？」

「……エリー」

御者と使いの者に指示を出していた体の大きい中老の男が振り返る。口数が少ない男はこの土地の領主リュシアンだ。

積荷の木箱を気にしていたようで、エリーに呼ばれると、中からひとかけらのショコラを取り出して手のひらに置いてみせた。

「……うむ。海外のものだが、香りも味も良い。硬さもあるから馬車でも砕けることはなさそうだ」

「それは素晴らしいことですわ。無事に帝都へ届けば料理長がきっと最高のケーキにすることでしょう」

「……」

エリーも喜ばしい気持ちになった。このショコラはリュシアンが夏からほうぼうに手を回し、最高級のものを用意しようと忙しくしていたのを見ていた。帝都までは距離があり、しかも雪道なのでショコラが砕けてしまうのではないかと気にしていたことも。

「……パティシエを召喚させた。レシピも買った」

「まあっ」

「……オディロンが新しい窯《かま》を造ると言っていたから、そちらでの製作になるはずだ」

帝都へ向けて走り出す馬車を見送る。

「うふふ。万全の準備をなさったのですね」

「………」

「フランが大喜びするのが目に浮かびますわ」

「………そうか」

来月の孫の誕生日。感情が顔に出やすく、何を好むかがわかりやすいので兄たちに贈るのとは異なり、迷いなく贈り物を決められた。妻からのお墨付きももらいリュシアンは唇を笑みの形にした。

同じく微笑んだエリーがリュシアンにそっと体を寄せる。

「では旦那様、そろそろエスコートをお願いしてもよろしいかしら」

「……うむ。領民らが冷えてしまう」

仕事を終えてほっとしていたリュシアンは、ほんの少し慌ててエリーとともに中庭に向かうのだった。

＊＊＊＊＊＊＊＊＊＊

旦那様と奥様が中庭に到着されました。

たくさんのかがり火で明るい中庭は、当番の使用人たちによって日中にしっかりと雪を払われています。毎年新年を迎える前日の夜は、領民達に中庭を開放するのがこのトリアイナ御領地の伝統でした。招かれた領民達が足元を気にすることなくホットワインを口にできるようにという旦那様のお気遣いに執事の私の目頭が熱くなります。

招かれた大柄な男たちが破顔して寄ってきました。彼らの妻と子どもたちも、旦那様の登場に敬意をもって礼をしています。

「提督！」

旦那様をそう呼ぶ男たちは、かつて海軍で旦那様に仕えていた者たちです。

激しい戦いが行われたこともあり顔や体に傷がある強面《こわもて》の者ですが、旦那様への敬愛は変わりません。旦那様と奥様を前に整列し、拳を胸に当てるかつての部下たち。

旦那様はその者らの顔を一人一人見て静かに頷《うなず》かれました。

「…………うむ。今年もよくぞ働いてくれた。そなたらの働きで我がトリアイナ領はますます富むことであろう」

静かですがよく通るお声。周りに集まってきた他の者達にも十分に聞こえたことでしょう。

「そなたらと新年を迎えられることを誇りに思う」

労《ねぎら》いの言葉に領民達が頬《ほお》を赤くしたのを私は見ました。もう軍を引退した年齢とはいえ、尊敬していた上司からいただく言葉はやはり感動的なものです。酒が入っているとはいえ、元からこの領地の者たちは涙もろいところがあります。私もハンカチで目頭を押さえました。

旦那様は口数が少ないですが、そのぶん与えてくださる言葉が沁《し》みるのです。我々が余韻に浸っていると旦那様がグラスを掲げ持つ気配。

「では、乾杯」

乾杯！　私たちは涙声で、しかし腹の底から旦那様に向けてグラスを掲げたのでした。

乾杯の後はそれこそ堰を切ったように、皆が思い思いに中庭で今年一年を語り合い、ワインを飲み、泣いて笑って新しい年へ思いを高めていきます。

今夜ばかりは旦那様に絡んでいっても咎《とが》められません。旦那様は静かに話を聞いてくださるので、ここぞとばかりに昔話に花を咲かせる引退騎士たち。およそ半数が号泣しながら喋《しゃべ》っていて、彼らの息子たちが驚いていますが、毎年のことなのでそろそろ慣れてもらわないといけません。

赤い顔をして鼻を鳴らし、涙を拭《ぬぐ》う余裕もない屈強な男たち。いつまでも続きそうな空気の中で、さすが奥様は穏やかにお話を止めてくださいました。

「皆様、花火が上がる時間ですわ」

日付の変わる時間に上がる花火。帝都でも同じく行われていますが、この御領地でも旦那様の部下の魔法使いたちが上げてくれるのです。

我々は涙を拭いしっかりと帝都の方向を見ました。

そして打ち上がる色とりどりの大きな花火。旦那様が拳を胸におかれました。

「皇帝陛下へ」

「皇帝陛下へ！」

旦那様の宣言と同様に、我々も帝国と旦那様への忠誠を誓うのでした。

エピローグ　よい子計画はみんなといっしょ！

僕のお誕生日は、冬なのにとてもあったかい日でした。

丘の芝生も春だって勘違いしてツヤツヤしてるし、そばの木々も葉っぱがわさわさになってるよ。

「もうかな？　もうかな？」

「はい、ぼっちゃま。お屋敷を出発した時刻かと」

「はあー、たのしみ！　キンチョーしちゃう」

丘の上にティーセットを用意してもらいました。

朝起きたときから南風であったかくて、陽射《ひざ》しのいいココなら、お外でだっておやつ食べれちゃうってことでね！　思いきってセブランお兄様を丘にご招待したのだ。夜は家族みんながあつまってくれるけど、お昼にだって会いたくて。

いつもの部屋着よりもちょっといいお洋服で来た僕はそわそわそわそわそわして丘の下を見てた。しばらくすると、一頭引きの馬車がゆっくりとやってきた！

のってるのはもちろんセブランお兄様で、馬車を降りるとメイドから花束を受け取って登ってきてくれる。んはーっなにあれかっこいい！　王子様みたい！　しゃれてる！

「フラン。待たせたね」

「セブランお兄様！　ようこそいらっしゃいました！」

「うん、お招きありがとう」

お兄様は貴族の見本のような優雅な礼をすると、ものすごくナチュラルな動きで花束を僕にくれた。

「わわっ。すごい！　チューリップだ！」

「可愛《かわい》いよね。今年はチューリップが早咲きだったそうだから、フランの誕生日にと思って用意したんだ」

「ヒャァア！　ありがとうございますセブランお兄様！　すごくすごくステキです！　かわいいです！」

色とりどりのチューリップが入ってて、とてもかわいい！　花びらもぶあつくて、ほっぺに当てるとちょっとひんやりするのがいいよね！

ぎゅっとしたいのをガマンしてキティに渡すと、すぐにテーブルに活《い》けてくれた。おしゃれだぁー。

さらに良くなったティーテーブルにセブランお兄様をご招待する。紅茶もおかしも、シェフといっぱい相談して、いい感じだなっていうのをご用意してみました！

まずは外せないアップルパイでしょ。それからおいしいスコーン。何も入ってない僕用と、木の実やフルーツが入ったお兄様用がある。サンドイッチはお兄様が好きなきゅうりのやつで、スープはお肉入りのミルクスープ！　そのほかクッキーやケーキや、ステーキもあるよっ。

「これは素晴らしいティーセットだね。うん、紅茶の香りもいい」

「えへへへ」

褒められると照れちゃう。

ちょっと気がかりだったテーブルブーケの少なさも、お兄様のチューリップで完ぺきになってしまったのである。やっぱりセブランお兄様はすごいや！

ニコニコになって僕も紅茶をいただきます。

あっさりしてておいしい。そのとき、あったかい風が吹いた。カラメルのような甘い香りがして飲んでる紅茶も甘い気がしてくる。ジャカランダのお花の香りだ。

「フラン、この満開の花は？」

「ジャカランダです！　アラベルおねえ様からいただいた若木だったけど、きのうから満開になってくれたので、持ってきました！」

お花のツボミついてるなーと思ってたのが先週なんだけど、なんかあっという間に満開になって、庭師のおじいもびっくりしてた。

今日は春くらいあったかいけど、お花はまだ少なくて、だからにぎやかしにと思ってテーブルのすぐそばに鉢を持ってまいりました。

「ステキな色だ」

「はい！　お花もたくさん咲いてよかったです！」

「アラベル義姉様《ねえさま》からは春に咲くと聞いていたけど、満開とは。フランのことを祝ってくれているんだろう」

「んへへ」

そんな奇跡みたいなファンタジーがあったらとてもうれしい。ジャカランダの木がもっともっと好きになっちゃう。

紫色のベルの形の花が、風に揺れてふわふわしてるのもすごくかわいい。ステキなお花をいただいちゃったなぁ。

セブランお兄様も、ゆらゆらするジャカランダのお花を見て、ほう……と感慨深いような息を吐いてた。

「屋敷の絵画も花が咲いていたね。今年は不思議なことがたくさん起きているから、精霊が見ているのかもしれないな」

「精霊が見てるのですか？」

「ああ。彼らは気に入った者のもとに幸運を置いていくそうだ。今年は我が家に良いことがたくさん起きるかも」

「ふわぁー！　そしたらうれしいですね！」

精霊さんの置きみやげがお花を咲かすことだったら、もう最高のプレゼントだ！

我が家の大きい絵とか自然を描いた絵が精霊さんにイタズラされてるのは、僕も知ってるよ。どうしてそうなったのかはナゾのままだけど、なんかファンタジーぽくていいよね。

これからもう少し良いことが起きるのかな、てワクワクしてアップルパイをお口にいれる。んあーおいしい！　もうこれが良いことでもいいなぁ。

おいしおいし、ってアップルパイをもりもり食べてたら、セブランお兄様に笑われちゃった。お口の横にパイ生地がついたみたいで、ハンカチでそっと拭《ぬぐ》ってくれる。

「ボクは、フランの誕生日をこうして一緒に迎えられたことが、しあわせの一つかな」

「んぱ……っ」

ハンカチをたたんだお兄様の笑顔たるや。

どのお花よりも華やかでキレイでかっこよくて、僕はお目めを大きくして見つめることしかできない。

ゆるーく固まった僕のお手てを、セブランお兄様が握ってくれる。

「フラン。誕生日おめでとう。ボクの弟として生まれてくれて、とても嬉《うれ》しいよ」

「おひゃ……お………ひゃあぁぁぁぁぁ！」

お顔がパンッて熱くなって心臓もドシンッてなって、もうあの、僕自体が炎上したのかなって思った。

いやいい、燃えたっていい！　だってだってセブランお兄様がすごくやさしく微笑《ほほえ》んでくれてるからっ。

「んあああぁっ！　セブランお兄様、セブランお兄様！　ぼく、僕もセブランお兄様が好きです！　大好き！」

おイスからビャって射出した僕を、セブランお兄様は声を出して笑い、受け止めてくれました。

よかった。ほんとに良かった。このおうちに生まれて、僕は本当にしあわせ！

やさしくてかっこよくて大好きなみんなのため。

ひとつ年を重ねたこの日、僕はリッパなよい子になってみんなで帝都で暮らす！　という目標をたてたのでした。

がんばるぞー！

番外編　教会とささくれとポーション

Akuyaku no Goreisoku no Dounikashitai Nichijyo

おはようございます。セブランお兄様と教会におつかいに来た僕。公爵家三男6歳です。

僕はいま、参加する予定がなかった『ありがたいお話を聞く会』の最前列にすわってる。たまたま教会に着いたときにやってたから、ご案内の神官さんが気をきかせてお席を用意してくれたのだ。

セブランお兄様と座った僕は、おしずかに、ちゃんとお話聞いてる感を出してるよ。

なんたって僕、よい子になるって決めたからね！

「その熱心な祈りは大いなる紫光の木に聞き届けられ、かの大神官様は聖院におわす御方々の目にとまりました。そして優諚《ゆうじょう》を賜りました」

決めたけどちょっともう眠い。

「セブランおにいさま、今日はゆうじょう……おともだちのお話ですか？」

「いや。優諚とは天界から聞こえる言葉のことだよ」

んふぅ。知らないやつだった……。お話がいつもよりだいぶムズい気がする。

三ヶ月にいっかいやる集会のときは、神官様がちいちゃい子にもわかるようにやさしい言葉でお話ししてくれるんだよ。けど今日のは『ありがたいお話が好きな人たちの会』なので、言葉とかぜんぜんやさしくないのだ。ツウの人向けなの。うっかり鉢合っちゃって聞くことになった僕には難易度ゲキムズである。これはおねむへのカウントダウンも早まるというものですよ。

(んあ)

ささくれできてる。眠たさに僕の頭がうつむきになったら、中指にささくれがピョンとしてた。いつできたんだろか。

「病める者、傷《いた》む者、死にゆく者を回復する力。魔たる誘惑に堕《お》ちた者を改心させる力」

(つまめそう)

ささくれってみつけるとずうっとさわっちゃうんだよね。ほんの数ミリもないぴょんとしたところを、指先でどのくらいのささくれ具合かツンツンして確認。それから、まわりに気づかれないようにモチョモチョモチョモチョいじっちゃう。とまらん。ほんの少しだけイタい気もするけど、ささくれが動くのがたのしい。

「そして御方々の玉音《ぎょくいん》を聞くことができる力を持つ者を聖人とすることになったのです」

刺激しすぎたからか、ちょっとだけだったささくれが、なんか大きくなった。

(むしるか……んあ、イタイかも！)

つまめたから少し引っぱったら、もうそれだけでイタくなる予感がした。これ以上気にしたら血が出そうっ。

「フラン？」

気にしない気にしないって思いながら教会の奥のステンドグラスを見つめてたら、セブランお兄様が心配そうに声をかけてくれた。ステンドグラスのまえの机に立ってた神官さんはいなくなってる。お話おわったみたい。

「大丈夫かい？　眠くなってしまったかな」

「セブランお兄様」

「うん？」

ねむねむはある。けどそれ以上にささくれが気になっております！

「ゆび、ちょっとイタくしました」

「なんだって」

正直にゆって中指を見せたら、セブランお兄様はキュッと眉を寄せてすぐに両手で僕の手を握ってくれた。ささむかない、って思ってたのに僕の指が無意識にうごめいて、ささくれをだいぶ引きのばしちゃってたのだ。ぬぅ……じみにイタイ。

「赤くなっているじゃないか！　ポーションをかけなくては」

「んうう」

セブランお兄様がお付きの護衛にポーションを出すよう指示してくれてる。でもそれより、見たらちぎりたい気持ちがまさってくる！　ささくれのピョンが！　たてに！

「ギ、ギィィ」

前歯をすり合わせちゃう。教会で、というかお外でささくれを噛《か》みちぎるなんて貴族がやっちゃダメなのはわかる。でも！　もうなんか、なんか本能が……！

「ンギィー！」

「風魔法」

ぷちん
「パッ!?」

「痛くなかった？　魔法で切ってしまったけど、血は出ていないね？」

セブランお兄様が魔法でささくれを切ってくれた。上手に痛くないところで切れてて、ぴょんて飛び出したとこもない。最高のカッティング！

「ふあああっ！　セブランお兄様ありがとうございますっ」

見れば見るほど、根元からいってる。こんなにすっきりするささくれカットはじめてだ！

セブランお兄様のスマートな魔法の発動からかんぺきなささくれ除去に感動してると、お兄様は微《ほほ》笑《え》んでお胸からハンカチを出して僕の指にあてた。

「満足してくれてよかった。さぁ、ポーションをかけるよ」

「あい」

お兄様がかたむけた小ビンから、少しひんやりしたポーションが指にしみてきた。なんかくすぐったい気がする。

「んんん」

「痛むかい？」

「へいきです」

ポーションがかわいて、赤いところもなくなった指先を僕はじっくり見た。気になるとこナシ！

すごい！　ハンカチをしまったセブランお兄様が、僕の頭をなでてお手てを繋《つな》いでくれる。

「無理に引いて血を出さなくてよかった。お使いが終わったら、街でハンドクリームを探してみようか」

「はい！　えへへへ」

「どうしたの」

「セブランお兄様はかっこよくて、すごくて、やさしくて、僕あこがれます！」

「そ、そうか」

「かっこよくて、だいすきです！」

「……ふふっ。ボクもフランが大好きだよ」

おでこにチュってしてもらえた。うれしい！

教会にお父様から頼まれたお届け物をしたあとは、僕はセブランお兄様といっしょに街を少しだけ見てまわったのでした。

番外編　かっこいい棒！

Akuyaku no Goreisoku no Dounikashitai Nichijo

庭園のおさんぽは週に何回もしている。もうすぐ7歳ともなればね、たくさん歩くのもお手のものなのである。

変わったことはないけど、広いからいつの間にか知らないとこ歩いてたりもするんだよ。僕のおうち、広すぎ問題もおさんぽにはいいのかも。ただ歩きすぎると帰るのがたいへんになる。広すぎ問題はけっきょく問題なのだ。つかれてねむくなったら、キティに担いでもらって帰るんだよ。

今日も僕は、庭園の見知らぬ角を曲がってみた。まさかそこに、とんでもない出会いがあるとも思わず——。

「ふひゃあー！！！」

ちょっとした広場には、ボールをみっつかさねたお団子みたいな彫刻があった。それはいい。おいしそうだけど、それはべつにいい。とんでもなかったのはお団子のまえに長い枝が落ちてたことだ！

「これはすごい……てんさいの枝だ」

迷わず拾いに行くけど、近くに来たらほんと長い。僕の背ぇより長い。どっから来たの！　キョロキョロしたら近くにすごくのっぽな木があった。あの木から落ちたんだ。まだおじいに拾われずに残っていたんだね！

（持ち帰らねば……！）

むくむくと使命感が湧《わ》いてくる。このすごい、かっこいい枝は、お部屋に持って帰らなくちゃならない……ぜったいだ！　拾い上げて、はじっこをぎゅむりと握る。おじいがいたらヤスリをかけて持ちやすくしてくれるんだけど、いないからちょっとザラザラしてる枝。

僕がいままで拾った中で最長の枝を、ずるるるーと引きずりながら来た道をもどる。まずは曲がり角をば……。

「……んむう？」

なんかいつもとチガウ。重い気がするし、曲がり角がむずかった。長い枝を振り返って、慎重に角を曲がった。

「ぼっちゃま、お持ちいたしましょうか」

「だいじょうぶ！」

「は、はい」

メイドが心配してゆってくれるけど、この枝はおまかせください。でも曲がるたびにゆっくりになったら、心配かけちゃうか。……じょうずに持てない子だと思われてしまうかも……っ。

いつもは眠っている僕のプライドが、ピクリと目を覚ました。

僕、枝は、じょうずに持てる！

「こう！」

ちょっと考えて、僕は両手で横向きに枝を持つことにした。体のまえでかまえればよく見えるし、両端がビヨンビヨンするけど、庭園は広いからヨユウ！

「んふっふ、ふんふ～！　かっこいいーえだーをーぼうにしてー」

歩きやすくもなった！　引きずるよりも楽チンだ。枝が長くてグラーグラーってするけどそれもたのしいよ。やじろべーのまんなかになった気分！　ウキウキで歩いちゃうよね。ずんずん進み、曲がり角をのぞこうとしたら、枝の先が護衛のおじさんに当たりそうになっちゃった。

「あっ、ごめんね。気をつけてね、ぼうがながいからね」

「はい、ぼっちゃま」

護衛のおじさんがさっと避《よ》けてくれるので助かりました！

「ふんはふふーズムッ」

庭園の広場と広場の間には、バラとか木のアーチがある。そこを通ろうとした時だった。枝がアーチに引っかかって、つっかえ棒みたいになって、僕のおなかにグンってなる。

「おぶぅ……っ」

「ぼ、ぼっちゃま」

「だいじょぶ。ちょっとミスっただけだよ」

車幅がわかんなかっただけだよ。心配してくれるキティに手のひらを見せた。

「よぃしょ」

僕は体を横向きにして、アーチをカニ歩きで通り抜ける。

「かにかに……んしょいっ……」

おーらいおーらい。通れました！

ふたたび構えて持って、ごきげんでゆっらゆっらに歩く。

「ずんずーん、ぼうがーひっかかったよ～ぼうーズンッ……！」

「ぼ、ぼっちゃま！」

「だいじょうぶですので」

アーチは！　なんこもある！　なぜなら僕のおうちの庭園が広いから。

おなかグウーってなったから、護衛のおじさんがあわててた。だいじょうぶ、だいじょうぶです。

またカニモードでアーチを抜ける。おうちにもどるまであと何個かアーチがある。お歌うたってるとうっかりしちゃうから、気をつけなきゃだ。

「伝説のぼうはたいへんなんだなぁー」

僕はふうと息をつく。かっこいい枝でこれなら、伝説の剣ってもっとなんだろうなぁ。勇者もたいへんなのかも、と思う僕なのでした。

番外編　生け花

Akuyaku no Goreisoku no Dounikashitai Nichijyo

今日もお庭でかっこいい枝を探しつくした僕は、ななつに枝分かれしたなんかすごいやつを持っておうちに帰ってきました。

片手に枝を持って廊下を歩くんだけど、見れば見るほど枝のかっこよさがすごい。

「キティ、見て。こんな、こんなことある……？」

「珍しい形ですね」

「ね！」

見とれすぎてるので、片手はキティがちゃんと握ってくれてころばないようになってる。あと曲がり角もちゃんと曲がれるのだ。

「んはぁー……お部屋に飾ろ！」

「かしこまりました」

「あっけど、セブランお兄様にお見せしてくる！　こんな、こんなすごいのめったにないから！」

部屋に帰る途中だったけど急遽セブランお兄様のお部屋に行くことにした。いちおう先触れ出したほうがいいかなと思って、足が速そうなメイドにお願いしてお兄様のお部屋にお知らせに行ってもらう。

お返事が来るまで窓からお外をながめてようね。……いや、やっぱりこの枝のほうが……。

「ぼっちゃま。お招きいただけるようです」

「んあ！　やった！」

廊下のさきから早足でもどってきてるメイドが、お胸のまえでちっちゃく丸を出してる！　ＯＫ！

行きましょう！

「フラン」

「セブランお兄様！」

お部屋に行くと、すでにお兄様が自らお部屋の扉を開けて待っててくれた。キティから手を離して、怒られない程度にダッシュ！

「とつぜん申しわけありません！　どうしてもお見せしたいのがあって」

「ボクも休憩をとろうとしていたところだからちょうど良かった。さあ、お入り」

「はいっ」

急に来たのに全然嫌な顔しないでお招きしてくれる。セブランお兄様はやさしい！

僕が来ることが伝わってたから、お兄様付きのメイドがお茶の準備してくれてるよ。

さきに長ソファに座ったお兄様がおとなりをポンとしてくれるのでご遠慮なく座らせていただきます。思ったよりぴったり座っちゃったからセブランお兄様がクスクス笑った。

「それで。見せたいものというのはその木かな？」

「んあ、はい！　見てください、この、この……っ、わってなるの!!」

「わ……？」

ずっといじってた枝をお兄様と僕のまんなかに持ってくる。僕は太いとこ持ってて、その先がもうなんか細いやつが七本ビャッビャビャッビャ出てるの。前世でいうと、アレに近い。抹茶をかき混ぜるやつを巨大にしたやつ。頭にかぶせてヒャ～ってする、あの、マッサージの……。

名前わかんないけど見れば見るほど、木がコレを作ったってこう、かっこいい。

「はぁあ……げいじゅつてきです」

「そ……そうだね」

「飾ろうと思ってます」

「この枝をかい？」

「はい！」

セブランお兄様が僕のお顔を見て聞いてくるので、元気いっぱいにお返事した。寝室に飾ろうと思っております！

僕のお返事を聞いて、少し考えるお顔のお兄様。

「確か枝を飾るのに良い花瓶があった気がしたな。お祖母《ばあ》様が趣味で集めていらっしゃったような……」

「枝用の花びんがあるんですかっ？」

「ああ。納屋を調べさせて、あとで持ってこさせよう」

「ふあああ～！」

貴族すごい！　枝用の花びんがあるんだって。花びんって言ってるのに枝用っていう、その矛盾なんてヒョイヒョイとび越えてくる！　それが貴族なのだ……！

お兄様に指示された使用人がすぐにお外に行ったから、枝用のを探してきてくれるのでしょう！

「たのしみ……!!　ありがとうございますセブランお兄様！」

「フフ、どういたしまして。ボクも活《い》ける花瓶を一緒に選んでいいかい？」

「！　もちろんですっ、セブランお兄様とえらびたいです！　セブランお兄様とえらんだのをお部屋に置けたら、きっとたのしい気持ちを思い出して、これがもっとステキになります！」

ズムリ！　と枝を掲げて見る。ただでさえ最高なのにこれからお兄様と芸術性を高めていけるなんて……！

「ありがとう。では花瓶が見つかるまでお茶をしようか」

「はいっ！」

セブランお兄様のオススメのお茶とかお菓子とかごちそうになって、僕はウキウキと午後を過ごしたのでした。

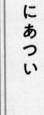

お父様はぜんたい的にあつい

おひさしぶりにお父様が帰ってきた。お昼にだ。お昼に帰ってきた！

お知らせを聞いて玄関に来た僕は、すぐにお父様をみつけた。

「んあああああっお父様ぁー！」

「来い！」

「あー!!　お父様どーんっ」

両手をひろげてくれるから全力で頭から突っこんでいく。全力を出すためにとにかくまっすぐだ！

声といっしょにドーンとしたら、ぶつかる直前でお父様がスイッと持ち上げてくれてブランとなった。

「よし！　大きくなっているな！」

「えぶひゃふへへべべ！」
二、三回上下に揺らされて重さを測られたあとは、もうそのままモシャモシャのムショムショだ！
もうハチャメチャに体を動かしてとにかくお父様にくっつく！

なんか今年の秋はいろんなことがあって、ちょっとさみしい気持ちがお胸にあったから、お父様に会えてすごくうれしい！

　ぞんぶんに擦《す》りついて満足したので、僕は腕をのばしてお父様の首にくっついた。

「んはあ……お父様あったかいです」

　お父様はいつもカイロみたいにホカホカだ。

「父は火魔法が得意だからな！」

「火が得意だとあったかいのですか？」

「わからぬが、考えることは良いことだぞ！」

「えへへ。……んあ、そしたら、僕がいつもねむいのは、ねむいの魔法が得意だから……？」

「フラン！　賢くなったな！」

「んは………んはっはっはっはぁー！　うぶゅあー!!」

　ストレートに褒められて高笑い出ちゃう。お父様も感動した感じで僕をぐりんぐりんになで回してくれて、大きい手でなでられると気持ちいいし、すごくうれしい！

　一旦は落ちついてたけど、お父様と会えてうれしいとか、早く帰ってきてすごいとか、そばにいれてたのしいとかがワーッとなってじたばたしちゃった。

「旦那《だんな》様。フランぼっちゃまが興奮しすぎております。呼吸が……」

「うむ！」

　うむ。シツジが止めてくれなかったらアブナかった。およだめっちゃ出た。

　おとなしくなったお父様にしがみついて、僕もおとなしく肩に頭をのっけてこてんとする。息はーはーしてます。

「ふああー……ふはー……おとうさま、僕、ねむいです」

「よし。眠れ。よく寝る者は大きくなるぞ！」

「ぁぃ……っ」

おおきくなるのは大事だ。

おおきくてかっこよくて、つよいオトナになったら、いろんなところに行けるもん。火山とかも余裕のはず。

ねむい。ねむくてたまんないけど、この決意は宣言したい。

「おとうさま」

「ぬ。どうした」

「僕、いっぱい寝ておおきくなりますね……」

そこまでで限界だった。ねむの波がおしよせて、僕はお父様の肩にほっぺをおしつけて、もにゅんと眠りに入っていく。ぬくくて、おふとんにいるみたい……。

「うむ。ゆっくりで良いからな」

「……ぅぃ……」

お父様の大きいお手てが僕の頭をそーっとなでてくれるのを感じて、寝るまえに一生けんめいがんばって、お返事できた気がする僕なのでした。

番外編

HAPPY NEW YEAR トリアイナ！

Akuyaku no Goreisoku no Dounikashitai Nichijyo

よく晴れた夜でお月様もあってまぁまぁ明るいけど、それよりもタイマツが明るくてお昼みたいになってるおうちの庭園。

おイスに座ってる僕、公爵家三男7歳。

毎年の恒例になってるお城の花火待ちのお時間である。

「んあ」

お鼻の先っぽが変な感じして指でぎゅってつまんでみた。つめたい。タイマツあるけど遠いからお鼻がひえたみたい。

手袋をぽいってして、じかにお手てでムニッてしてあったためた。右手がつめたくなったから、つぎは左手。

（……んえ！）

パッとお手てを離した僕。おイスからぬるっとおりてセブランお兄様のとこまで急ぐ。

「セブランお兄様セブランお兄様！　お鼻つまんでみてください。すごくつめたいですっ」

「フラン。ああ、赤くなってしまっているね」

夜空を見てたセブランお兄様は、僕の顔を見てお目めを大きくすると、メイドにブランケットを取ってくるようにゆってくれた。

けどちがうのです！　いまはすごい発見があって……！

僕はお兄様のまえに立って、お鼻をムッてつまんでみせた。鼻声になる。

「こうして……パってするとイチゴの香りします！」

「ええ？　そうなのかい。さっきクッキーを食べたからかな」

指を離してすぐにンスー！　て空気を吸う。……イチゴ！

セブランお兄様にもやってもらいたかったけど、いまちょっとイチゴに夢中なので。ンスス、ンスス！　ってしてたら、ふわっとあったかいブランケットで包まれた。セブランお兄様だっ。

「おいで。頬《ほお》も冷えている」

「んふあーぬくい」

「ふふ」

ほっぺにあてられるお兄様のお手てがぬくい。

いつのまにか僕のおイスも動かしてくれてて、すぐおとなりに座らせてもらった。

セブランお兄様とお顔を見合わせてニコニコしてると、ブランケットに巻かれた僕に気づいたお父様。

「ぬ、寒いか！　火をつけてやろう！」

「父上、お待ちください。いま薪《まき》を持ってこさせ……父上」

「応急処置だ！」

ステファンお兄様が止めるけど、お父様はボン！　って魔法を使っちゃった。

お父様は火魔法が得意。テーブルのキャンドルしかあったかいのがなかったところに、火の玉の輪っかがあらわれた！

「パアアー⁉　浮いて……ぐ、ぐるぐるだ‼　お父様すごい！」

「うむ！」

空中でぐるぐる回るたくさんの火の玉。車輪みたい。

僕たちのお顔が火で照らされて、ぬくぬくになる。

はぁーってあったかさを浴びてると、お父様は満足そうにしてて、セブランお兄様には「あまり火を見てはだめだよ」ってゆわれて、ステファンお兄様はため息をつきながら魔法で木の枝集めてた。

お城を見るように座ってる僕たちの前方に即席の焚《た》き火が完成！　ンハーッいいですねぇ。

「ぼっちゃま、リンゴジュースでございます」

「ありがとうキティ。……おいしい！」

あったかいリンゴジュースだ！

寒いってゆってたからシェフが急いで作ってくれたみたい。シェフはすぐ近くで夜食をセッティング中。厨房《ちゅうぼう》係の皆さんとライブ感有りで作ってくれてるよ。

「ステファン兄様は何を飲んでいらっしゃるのですか」

「ホットワインだ。シナモンとフルーツが入っている。セブランも飲むか」

「良いのですか？」

「アルコール分をよく飛ばしたものを用意させよう」

「うむ！　セブラン、それは父がやってやろう！」

鍋を！　ってお父様がゆって、シェフがお鍋くれた。そこにお父様が自らワインとフルーツを入れて、ステファンお兄様もお手伝いに行く。

でき上がったワイン鍋を、お父様たちがゴソゴソして焚き火にかけた。

使用人たちがオロオロしてるけど、お父様とステファンお兄様は自分たちでやりたいみたい。真剣なお顔だけど、しゃがんで鍋をいじってるのたのしそう。

「父上、乾杯までに間に合わないかもしれません」

「時間がかかるな！」

「うむ！」

ボッ
お父様が焚き火に魔法で火を足した。

「ふあっ、煮えてます」

「ふふ……っふふふふ！」

お鍋が一瞬でグツグツだ！

僕は火力ヤバーってびっくりしたけど、セブランお兄様は口元をグーにした手で隠しながら爆笑してる。つよい。けどお父様たち真剣だから隠すしかないよね……！

お父様がグツグツお鍋をかたむけて、ステファンお兄様がマグカップで受け止める。今年さいごの共同作業である。

「できたぞ！　ステファン、気をつけて持て！」

「はい、父上。セブラン、熱いから注意して飲みなさい」

「ありがとうございます、父様、ステファン兄様」

見事なコンビネーションによって、アツアツワインのマグカップがセブランお兄様の手に渡された。

「フランもカップを持っているな」

「あいっ」

リンゴジュースのカップを見せる。

お父様はうむ、ってして、僕たちのまえに立った。

僕たちも、忙しくしてた使用人たちも、姿勢良くしてお言葉を待つ。

「よき一年であった！　共に協力し、敬い、愛し、何より家族が息災であった！」

お父様がひとりひとりのお顔を見ながらゆう。

僕も今年あったことを思い出して「んくっ」ってなっちゃう。いろいろあった……でもいい一年だったよねっ。

「来年もしあわせであるよう！」

「乾杯」

「「「乾杯！」」」

お父様がカップを掲げるのに合わせて、僕たちもえいってして乾杯！

それぞれの飲み物をひとくちゴクン！

使用人たちもお夜食をお皿にのせてどんどん持ってきてくれる。

「新しい一年が始まるね」

「はいっ。今年もよろしくお願いします！」

「ふふ。ああ、よろしくフラン」

乾杯したけどセブランお兄様ともっかいカップをカチンてした。えへへ。

「セブラン、フラン、食べているか！」

「父上、ステーキが来ましたよ」

お城から上がりだした花火をバックに、新年からにぎやかな我が家なのでした。

あけましておめでとうございます！

今年もよい子でがんばるぞー！

あとがき

「悪役のご令息のどうにかしたい日常」5・5巻をお手にとっていただき、ありがとうございます。

フランの小さい頃のお話のつづきを書かせていただけることになりました！　『5巻』という、ウェブ版では書ききれていなかったおショタな期間の番外編のような本になります。本編が進んでも小さい頃は別軸で続けさせていただけるてんさいの発想……！　今回の『5巻』ではフランが8歳間近で、つぎは8歳。小学2、3ねんせい……まだちいさい!!

本編では14歳になり、すくすく悪役のご令息として巷をうろつき出しているフランですが、小さいときはまだ自由に行動できず、しかし世界のことをうっすらと眺められそうです！

今回のフランは、かつて大きな存在がいたらしい山に行ったり、はぐれた精霊のおともを助けてみたり、逆に面倒見てもらったりします。おとものゴンブトムシはけっこう大きくてフランの両手くらいありますが、金色や透明になるので意外と存在感は薄くなるようでした。おそばにいてもまあ気にならないような。フランは大丈夫そうです（笑）。ずっとおうちにいて気にかけてくれていたのは、エレメント族は長寿なのでのんびり屋さんが多いからのようです。

またフランのご先祖様もちょっとだけ出てきます。

3代トリアイナ公爵ナタン様は心優しい公爵でした。体格は細身でトリアイナらしい巨体ではありませんでしたが、部下や使用人、庶民をよく気にかけて育てるタイプのようです。この頃は戦が少ない時代でしたが、ナタン公爵に仕える人たちの忠誠が特に強かったようです。あと寒がりだったので暖炉が大好きでした。部下が率先して薪割りしてくれたようです。

5代前の公爵夫人ジゼル様は夫の公爵様が大好きで、ラブラブ夫婦でした。公爵様も夫人が好きなお花や植物を模した宝石や家具をプレゼントして、お部屋もにぎやかにしていました。しかしある日からジゼル様に、美しい鐘の音や、湖に雫が落ちる音が聞こえてやまなくなり、お屋敷にナニか憑いているかもしれないと怯えるようになります。そこで別棟を建てて、大好きなインテリアで飾りつけ、過ごすようになったのです。音は鳴りやまなかったけれど、公爵様のおそばが良いと生涯住んだのでした。そこがいまのアラベルおねえ様の住まいになっています。音の正体はリノセロ（ゴンブトムシ）が発する魔力の音で、フランには色付きで見えたように、ジゼル様には音で聞こえてしまったようです。

以上、本編には書いていないけれど、なんとなくあるフランたちのおうちの歴史でした！

最後になりますが、挿絵を担当くださったコウキ。先生。いつも可愛くて素敵なフランたちをありがとうございます！　登場人物の瞳の色遣いや雰囲気が夢のようにきれいで、拝見するたびにうっとりとため息がもれます……！

そして、小説3巻以降もコミカライズを担当してくださるふわいにむ先生。可愛くてぷにぷにしたくなるフランをありがとうございます！　毎月2回の更新は大変だと思いますが、馬も協力できればと思いますので、よろしくお願いいたします！

最後にお手にとってくださいました皆様にも最大限の感謝をお伝えしたく、本当にありがとうございます！　楽しんでいただけたらうれしいです。
これからも頑張りますので、よろしくお願いいたします！

ふつつかな悪女ではございますが

～雛宮蝶鼠とりかえ伝～

著：中村颯希　　イラスト：ゆき哉

『雛宮』――それは次代の妃を育成するため、五つの名家から姫君を集めた宮。次期皇后と呼び声も高く、蝶々のように美しい虚弱な雛女、玲琳は、それを妬んだ雛女、慧月に精神と身体を入れ替えられてしまう！　突如、そばかすだらけの鼠姫と呼ばれる嫌われ者、慧月の姿になってしまった玲琳。誰も信じてくれず、今まで優しくしてくれていた人達からは蔑まれ、劣悪な環境におかれるのだが……。大逆転後宮とりかえ伝、開幕！

第七王子に生まれたけど、何すりゃいいの？

著：籠の中のうさぎ　　イラスト：krage

生を受けたその瞬間、前世の記憶を持っていることに気がついた王子ライモンド。環境にも恵まれ、新しい生活をはじめた彼は自分は七番目の王子、すなわち六人の兄がいることを知った。しかもみんなすごい人ばかり。母であるマヤは自分を次期国王にと望んでいるが、正直、兄たちと争いなんてしたくない。――それじゃあ俺は、この世界で何をしたらいいんだろう？　前世の知識を生かして歩む、愛され王子の異世界ファンタジーライフ！

悪《あく》役《やく》のご令《れい》息《そく》のどうにかしたい日《にち》常《じょう》5.5

初出……「悪役のご令息のどうにかしたい日常」
小説投稿サイト「ムーンライトノベルズ」で掲載

2024年7月5日　初版発行

【　著　者　】馬《うま》のこえが聞《き》こえる

【イラスト】コウキ。

【　発行者　】野内雅宏

【　発行所　】株式会社一迅社
〒160-0022
東京都新宿区新宿3-1-13　京王新宿追分ビル5F
電話　03-5312-7432（編集）
電話　03-5312-6150（販売）

発売元：株式会社講談社（講談社・一迅社）

【印刷・製本】大日本印刷株式会社
【　ＤＴＰ　】株式会社三協美術

【　装　幀　】AFTERGLOW

ISBN978-4-7580-9656-0

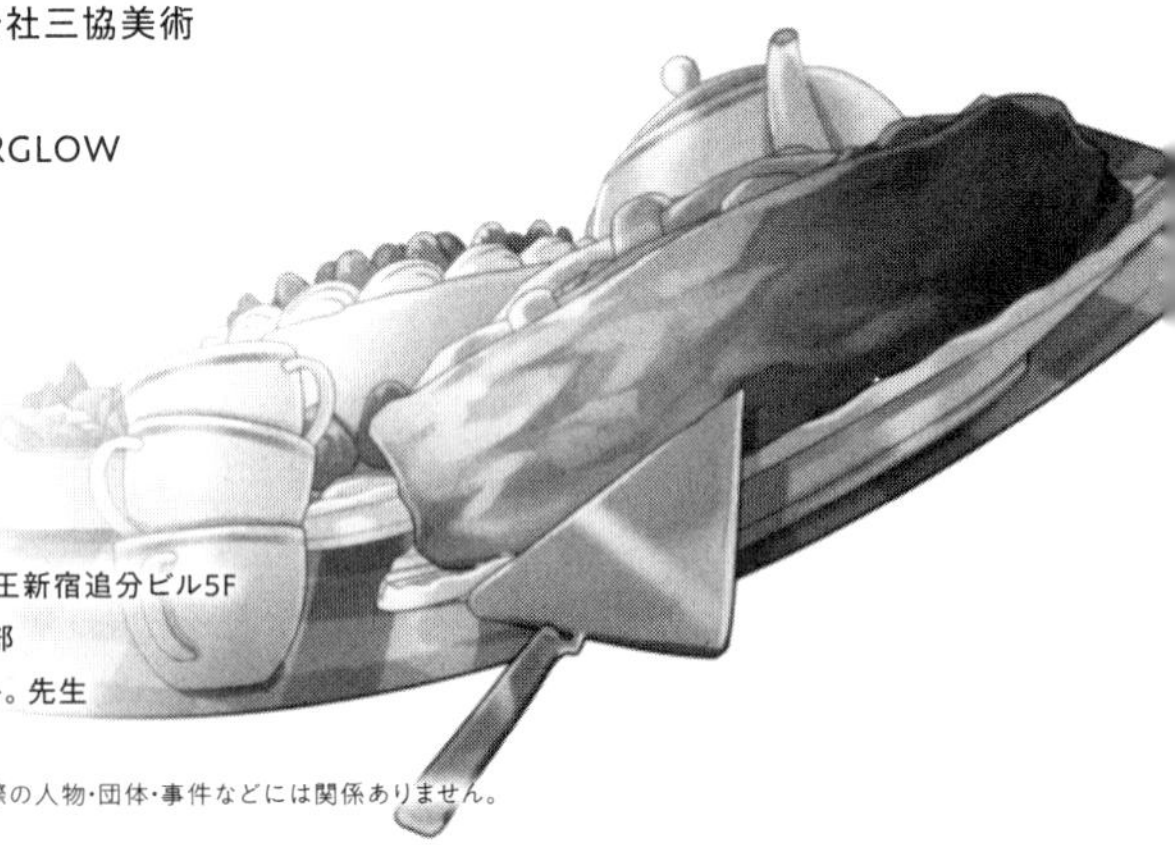

おたよりの宛先
〒160-0022
東京都新宿区新宿3-1-13　京王新宿追分ビル5F
株式会社一迅社　ノベル編集部
馬のこえが聞こえる先生・コウキ。先生